O ALIENISTA e A CARTOMANTE

MACHADO DE ASSIS

EDIÇÃO COM MEDIAÇÃO DE
LEITURA E COMENTÁRIOS DE
ANA CRISTINA MELO

Copyright dos textos © Ana Cristina Melo, 2023
Direitos de publicação © Editora Bambolê, 2023
Diretora editorial: Juliene Paulina Lopes Tripeno
Editora executiva: Mari Felix
Ilustrações: Bianca Aguiar
Capa, projeto gráfico e diagramação: Thainá Brandão

Dados Internacionais de Catalogação na Publicação (CIP)

Melo, Ana Cristina
    O alienista e a cartomante / Ana Cristina Melo. -- 1. ed. -- Rio de Janeiro : Bambolê, 2023. -- (Entrando nos clássicos ; 1)
    ISBN 978-65-86749-44-1

    1. Análise literária 2. Assis, Machado de, 1839-1908 - Crítica e interpretação 3. Clássicos literários 4. Contos brasileiros - História e crítica I. Título. II. Série.

ÍNDICE PARA CATÁLOGO SISTEMÁTICO
    1. Literatura brasileira : Apreciação crítica B869.909
Henrique Ribeiro Soares - Bibliotecário - CRB-8/9314

Todos os direitos reservados e protegidos. Nenhuma parte deste livro pode ser reproduzida, total ou parcialmente, sem a expressa autorização da editora.

O texto deste livro contempla a grafia determinada pelo Acordo Ortográfico da Língua Portuguesa, vigente no Brasil desde 1º de janeiro de 2009.

comercial@editorabambole.com.br
www.editorabambole.com.br

Sobre a coleção

O contato da primeira leitura de um adolescente dos dias de hoje com um texto clássico do século XIX ou início do século XX pode ser uma experiência traumatizante. Salvam-se, talvez, aqueles leitores vorazes, que já atacaram livros de gêneros e épocas diferentes. Estes estarão, com certeza, mais preparados para as nuances do uso da língua portuguesa, o vocabulário incomum na atualidade ou as construções frasais que podem soar como pomposas, mas são, na verdade, muito elegantes e inteligentes.

Apesar de grande qualidade literária e estrutural, estes textos tendem a afastar os jovens, e enlouquecer os professores de literatura – que não encontram um caminho para juntar o clássico e o contemporâneo.

A coleção **"Entrando nos clássicos"** vem com a proposta de ajudar alunos, leitores e professores nesse primeiro contato com o texto clássico, respeitando o texto original, desconstruindo-o, porém, de forma que ele se torne menos fantasmagórico para o jovem leitor. A coleção busca apresentar uma edição não só comentada, mas interativa. A proposta é quase como se reproduzíssemos aqui uma pequena aula de literatura, que vai desmistificando e explicando a importância de um texto clássico.

Com a intenção de inovar as edições comentadas que surgiram, muito úteis nos últimos anos, nosso objetivo é deixar o leitor à vontade dentro de um texto clássico. Se há um vocabulário mais erudito, há quem diga que basta ir ao dicionário. Mas quem consegue apreciar um texto se a cada parágrafo precisa parar para consultar uma, duas ou muitas palavras? Precisamos, num similar uso de Machado de Assis a metáforas bíblicas, dar a Cesar o que é de Cesar. Devemos dar ao leitor o que tem de mais precioso e qualitativo nos textos clássicos. Apreciar as metáforas que trazem intertextualidade com outras obras contemporâneas do autor ou mesmo textos antigos. Perceber a narrativa que nos conduz páginas à frente, dentro dos costumes de uma sociedade diferente, arcaica, porém necessária para entendermos as vitórias e a evolução do mundo contemporâneo.

Desta forma, a proposta da coleção "Entrando nos clássicos" é esmiuçar, desconstruir o texto de forma que o leitor possa acompanhar a leitura e saboreá-la. Não são apenas notas ou comentários, mas uma análise feita por escritores-leitores que relembram suas limitações à época da adolescência. Desta forma, o livro vem a ser um ótimo suporte à adoção de clássicos dentro da sala de aula, como uma oportunidade para que novos leitores conheçam este precioso material.

Em cada livro, traremos uma breve contextualização da época, para que o leitor já entre na história entendendo as diferenças dos hábitos de então para os hábitos de agora.

Venha saborear e entrar nas páginas de maravilhosos textos clássicos!

Como mergulhar nestes textos?

Este volume apresenta os famosos contos "A cartomante" e "O alienista", ambos de Machado de Assis. Mergulhar nos textos de Machado é ter a oportunidade de apreciar diversas qualidades da sua escrita literária, entre elas:

• A ironia e o jeito ácido no modo de narrar e descrever seus personagens;

• A possibilidade de entender como funcionava a sociedade e seus costumes, o que, muitas vezes, nos leva a concluir que, em alguns aspectos, muito pouco mudou para o tempo atual, principalmente quando se fala em política;

• As inúmeras referências a escritores, filósofos, personalidades da história e livros, que abrem para o leitor um baú de conhecimento. Mesmo que ele não enverede pela obra dos citados, ganha, no mínimo, a bagagem cultural de saber um pouco a respeito;

• Ter a oportunidade de mergulhar na história, na sociologia e na filosofia por um outro prisma;

• Perceber como Machado busca desvendar o espírito e comportamento humanos.

Características da narrativa de Machado de Assis

Há características comuns na narrativa de Machado de Assis. Uma delas já relacionamos acima: as inúmeras citações que ele faz. Outra característica é na apresentação dos diálogos. Diferente do que estamos acostumados hoje em dia, não há travessão separando a fala do narrador com os verbos de ação do restante da fala. Exemplo:

Em vez de escrever:

— A ciência — disse ele à Sua Majestade — é o meu emprego único.

Ele escreve:

— A ciência, disse ele à Sua Majestade, é o meu emprego único.

Outra característica da obra machadiana é a forma aprofundada com a qual ele cria seus personagens. Como se fosse o olhar de um psicólogo, ele analisa comportamentos em vez de aparências, oferecendo ao leitor mais do que uma fotografia estática, mas um filme sobre pensamentos e sentimentos que poderiam se encaixar naturalmente numa pessoa real. Ele mapeia as mazelas humanas, apresentando-as muitas vezes com uma abordagem ácida, provavelmente fruto de tudo que precisou enfrentar na sociedade da época.

Não se pode deixar de citar também que o narrador se torna marcante nas obras de Machado, fazendo-o conversar diretamente com o leitor em inúmeras vezes.

Sobre o autor e a obra

Machado de Assis nasceu Joaquim Maria Machado de Assis em 21 de junho de 1839, no Rio de Janeiro, e faleceu na mesma cidade em 29 de setembro de 1908. Tendo passado 70 anos de sua morte, seus textos caíram em domínio público, ou seja, podem ser editados por qualquer casa editorial.

Falar de Joaquim Maria Machado de Assis é falar de um escritor que fincou uma bandeira na história da literatura brasileira, ao criar enredos de alta criatividade, com intensa ironia, muitas metáforas que remetem a outros textos literários ou costumes, além de uma forte marca de conversa com o leitor. A crítica social, a ironia, os comentários ácidos, bem como a análise psicológica definem a fase realista de Machado.

Mas Machado de Assis não chegou a este patamar com um histórico familiar rico. Pelo contrário. Negro de pele mulata, de família humilde, era filho de Francisco José de Assis, um pintor de paredes brasileiro, mulato, e de uma lavadeira açoriana, Maria Leopoldina Machado, que imigrou para o Brasil com os pais. Ela se torna agregada da chácara de D. Maria José, uma portuguesa de muitas posses, que se torna madrinha de Machado. O casal reside, então, numa pequena casa no Morro do Livramento.

Aos dez anos, ficou órfão de mãe; e é também na infância que apareceram os problemas de saúde: epilepsia e gagueira. Em 1854, seu pai se casa com Maria Inês.

Aos dezesseis anos, entrou na Imprensa Nacional como tipógrafo aprendiz, e seguiu a vida como servidor público, passando por vários órgãos, até se tornar Diretor-Geral da Secretaria da Viação. No mesmo ano na Impressa Nacional, tornou-se colaborador do jornal *Marmota Fluminense*, publicando seu primeiro poema: "Ela".

Machado não teve recursos para seguir estudando regularmente em escolas, mas adquiriu diversos conhecimentos de forma autodidata. Foi com um padre amigo, Silveira Sarmento, que aprendeu o francês e o latim. Aprendia para ler os autores clássicos que admirava.

Como revisor de textos e trabalhando em redação, passou a conviver com escritores como Manuel Antônio de Almeida, Joaquim Manoel de Macedo e Casimiro de Abreu. Durante os anos seguintes, colabora para jornais e revistas, e amplia seu círculo literário.

Casou-se aos 30 anos com Carolina Augusta Xavier de Novais, uma senhora portuguesa, irmã de Faustino Xavier de Novais, um dos amigos do seu grupo literário. Viveu com ela 35 anos de uma união tranquila e cheia de afeto, além de uma parceira muito presente, visto que Carolina auxiliava Machado na revisão de seus textos. Em 1904, com o falecimento de sua esposa, tornou-se ainda mais casmurro e reservado.

Machado morou com a esposa, e depois até o fim da vida, na Rua Cosme Velho, no Rio de Janeiro. Carlos Drummond de Andrade (1902–1987) que era menino quando Machado faleceu, publicou em 1959 o poema "A um Bruxo, com amor". E logo Machado passa a ser apelidado como "O Bruxo do Cosme Velho".

Com outros intelectuais, entre eles Joaquim Nabuco, fundou em 1896 a Academia Brasileira de Letras (ABL), que foi inaugurada no ano seguinte, passando ele a ser o primeiro presidente.

Seu primeiro livro foi *Crisálidas*, um livro de versos, publicado em 1864. Já como crítico consagrado, publica em 1870 as obras *Falenas* (versos) e *Contos Fluminenses* (contos). Dois anos depois vem a público seu primeiro romance: *Ressurreição*.

É possível encontrar variados gêneros na obra de Machado: contos, crônicas, poesias, romances, textos teatrais etc.

Os contos e as crônicas normalmente eram publicados em antologias (coletânea de vários textos), depois de terem sido levados ao público nas páginas dos jornais. Os romances, por sua vez, eram publicados em capítulos, nos jornais da época, como folhetins.

O conto "A cartomante" foi publicado originalmente no livro *Várias histórias*, em 1896, com textos que foram à imprensa entre 1884 e 1891. Já o conto "O alienista" foi publicado originalmente no livro *Papéis avulsos*, em 1882.

As obras de Machado de Assis são divididas em duas fases. Na primeira, finalizada com o romance *Iaiá Garcia*, ele escreve com base no romantismo. Já a segunda fase, iniciada com *Memórias Póstumas de Brás Cubas*, ele passa a trabalhar com o realismo, trazendo narradores que analisam psicologicamente seus personagens, convidando o leitor para fazer o mesmo.

No final deste livro, consulte a bibliografia completa do autor.

Sobre as mulheres e a escravidão

Só em 1879, as mulheres tiveram autorização para estudar em instituições de ensino superior. Mas, ainda assim, a sociedade criticava quem decidia seguir por este caminho. Afinal, a mulher não tinha voz, nem quando solteira, que dirá casada. Devia obediência ao marido e tudo que desejasse fazer deveria pedir autorização a ele. O dia a dia das mulheres era preenchido com afazeres domésticos, o cuidado dos filhos e a religião, numa divisão clara de quem era o responsável pelo sustento (o pai) e quem era responsável pela boa criação dos filhos (a mãe).

A escravidão no Brasil, com a exploração da mão de obra de negros, trazidos à força da África, começou no século XVIII e só foi abolida com a assinatura da Lei Áurea, em 13 de maio de 1888.

Machado de Assis era um intelectual negro, que descreveu com detalhes a vida e os costumes da época em que viveu, mostrando a hipocrisia, a ironia e as mentiras belamente maquiadas. Machado, fundador da Academia Brasileira de Letras, apesar de nunca ter saído do Brasil, ficaria orgulhoso em saber o quanto seu texto é respeitado e estudado em outros países.

Sobre transporte da época

Hoje, ao pensarmos em transporte, imaginamos carros, ônibus, táxi. No início do século, o transporte era feito por cavalos ou burros. Após a chegada da corte, apareceram as carruagens, que eram cabines puxadas por cavalos. As seges, um dos tipos de carruagens, tinha um único assento, duas rodas e a parte da frente era fechada por cortina ou vidro. É comum ver essas carruagens em filmes mais antigos. Havia também outro tipo de transporte, que era uma espécie de cadeirinha puxada ou carregada pelos escravos.

Mas o automóvel já começava a aparecer no final do século XIX. Em 1891, Santos Dumont desembarcou, de navio, um modelo Peugeot que era muito parecido com uma carruagem. Sua intenção era muito mais estudar do que passear com o automóvel. Dizem que foi seu irmão que, enfim, desfilou com o carro pelas ruas.

Contudo, o primeiro carro a receber placa 01 foi o automóvel de Francisco Matarazzo, em 1903. Na época, a Prefeitura de São Paulo, preocupada com as "carruagens sem cavalos", criou várias regras e impostos.

Sobre a moeda

Para quem nasceu dentro das últimas décadas não tem ideia do que é uma moeda diferente do Real. Mas a verdade é que o Brasil já teve diversas moedas. As moedas adquiriam "apelidos" no vocabulário popular, gerando expressões que conhecemos até hoje, como, por exemplo, "Ele não tem um tostão". Para contextualizar esta época, vejamos algumas:

- Mil-réis – adotada como unidade monetária brasileira, em 1833. Era pronunciada como "merréis". As divisões dessa unidade monetária foram chamadas de réis. As moedas eram cunhadas em ouro, prata e bronze. As cédulas foram lançadas nos valores: 1 mil réis, representada como 1$000, 2 mil réis (2$000), 5 mil réis (5$000), 10 mil réis (10$000), 20 mil réis (20$000), 50 mil réis (50$000) e 100 mil réis (100$000). Em 1835, passa a existir a cédula de 500 réis (0$500).

- Conto de réis – soma equivalente a 1 milhão de réis = 1000 mil réis.

- Tostão – Moedas de 100 réis, assim chamadas porque tinha, similar às moedas italianas, uma cabeça (*testone* em italiano) gravada nela.

- Vintém – Moedas de 20 réis (significado: vigésima parte). Havia o vintém de ouro que equivalia a 37,5 réis.

- Pataca – Várias moedas de valores distintos. A de 320 réis recebeu o nome de pataca e deu origem à série de moedas, nos valores de: 20, 40, 80, 160, 320 e 640 réis. Sendo 320 réis, a moeda de 160 réis ficou conhecida como meia pataca. Outra expressão usada hoje em dia, para algo ou alguém que tem pouco valor.

• Dobrão de ouro – foi cunhada no Brasil pela Casa da Moeda entre 1724 e 1727. Pesava cerca de 54 gramas de ouro puro, somando a quantia aproximada de 20 mil réis.

• Níquel – Em 1922, são lançadas moedas de níquel de 20, 50, 100, 200 e 400 réis. As moedas de alumínio começaram a ser produzidas em 1956.

• Cruzeiro – Em 1942, o Brasil tem uma nova unidade monetária, o cruzeiro (Cr$), que equivalia a 1 mil réis. Criou-se o centavo, correspondente a 100ª parte do cruzeiro. Várias outras moedas foram implantadas até chegar no Real (R$) de 1994.

Depois desta breve viagem no tempo, feche os olhos, sinta o cheiro dos cavalos, o perfume das mulheres e o calor da época. Vamos aos clássicos!

Bate-papo sobre o enredo

Eu aposto que você já leu algum romance histórico, ou viu algum filme que se passava há muitos séculos, ou viu um filme com um lugar inventado, ou ainda assistiu ou leu algo que tivesse reis, rainhas! E Sherlock Holmes, já viu? Aquele ar inglês, tão sério! Acertei, não é? Nem que seja Bela Adormecida, você já viu ou leu algo com um rei.

Então vamos combinar uma coisa? Para afastar qualquer estranheza com um texto clássico, basta fingir que estamos num destes cenários, na Inglaterra, num reino qualquer, num lugar inventado, não importa, qualquer outro lugar que a nossa imaginação crie e aceite que pessoas falem de forma diferente, vistam-se de forma diferente. OK?

A partir daí, é hora de descobrir um pouco sobre a história, antes de mergulhar nela. Neste caso, a primeira pergunta que devemos nos fazer é: "O que significa **alienista**?". Bom, alienista é o médico especializado em doenças mentais, também conhecido como psiquiatra. Repare que não é uma palavra tão distante assim do nosso cotidiano. Já ouviram alguém dizer que "Fulano é meio **alienado**"? Pois é, o adjetivo alienado pode ter dois significados:

- Refere-se à pessoa que possui alguma perturbação mental e é afastada ou se afasta do convívio social; louco; doido;
- Refere-se à pessoa que não se interessa pelas notícias, acontecimentos do país e do mundo, ou do que se passa na sociedade. Esta pessoa vive num mundo próprio.

Olha como os dois significados têm um mesmo núcleo. Pessoas que se desligam da realidade, por vontade própria ou por uma doença mental.

A história "O alienista" narra o projeto do famoso médico psiquiatra Simão Bacamarte, na vila de Itaguaí, uma pequena cidade do interior do Rio de Janeiro, onde morava, cujo objetivo era abrir uma casa de doentes mentais, o chamado manicômio, e estudar as pessoas lá internadas, classificando-as pelos diversos tipos de loucura.

A grande questão da história é quem pode julgar a loucura alheia. O quão louco existe em cada um de nós? E o quão perigoso é este grau de loucura? E o que é a definição de loucura?

Naquela época, qualquer pessoa que apresentasse um comportamento ou hábitos que desviassem do considerado normal era afastada do convívio das pessoas.

Simão se sente habilitado a julgar e encarcerar dentro da sua casa de loucos, a Casa Verde, quem achava que não estava em seu juízo perfeito. Contudo, no decorrer da história, a ter seus métodos questionados, sua interpretação da situação vira em 180 graus, surpreendendo a cidade e o leitor.

Impossível distanciar o foco político da obra com tantas experiências reais do mundo contemporâneo, principalmente quanto ao tema "abuso de poder". Este se apresenta no conto pelo próprio médico, que se sente empossado da capacidade de decidir quem seria internado, assim como da Câmara de vereadores, que aprova leis conforme sua vontade, ou ainda do cidadão comum que, ao provar do poder, muda completamente seus valores.

O narrador (onisciente e em terceira pessoa) não define quando a história se passa. Limita-se a dizer que aconteceu em "tempos remotos". Contudo, extraindo-se algumas pistas, podemos afirmar que a história ocorreu, no mínimo, após a Queda da Bastilha, durante a Revolução Francesa (1789), e antes da Independência do Brasil (1822), porque se cita na narrativa a existência de um vice-rei. O conto foi publicado entre os anos de 1881 e 1882, numa revista de época, e depois foi incluído na antologia *Papéis avulsos*.

Vamos reparar também inúmeras referências bíblicas no conto "O alienista". Contudo, não podemos afirmar que Machado fosse religioso ou ateu. Há quem diga que o ceticismo demonstrado por ele em suas obras finais o aproximava do ateísmo, e que a leitura que ele fez da bíblia foi apenas como a leitura de uma antologia de narrativas. Mas também é certo dizer que Machado recebeu instrução religiosa, principalmente porque teve um padre como mentor e amigo, e que as muitas passagens bíblicas das quais fez uso foram para ilustrar algum aspecto de sua narrativa ou, mesmo, filosofar sobre o enredo. Talvez o mais correto seria arriscar que Machado tinha um dedinho no entendimento da espiritualidade.

Vamos à leitura! Voltaremos a este bate-papo ao final do 1º capítulo.

O Alienista

MACHADO DE ASSIS

(Conto originalmente incluído no livro *Papéis avulsos*)

CAPÍTULO

I

Glossário

Acontecer algo por tabela = quer dizer que acontece indiretamente.
Admoestar = chamar atenção; censurar; aconselhar.
Alcova = quarto pequeno, geralmente sem janelas.
Ao cabo desse tempo = No final desse tempo.
Arabista = especialista na língua árabe.
Arguida = acusada.
Arroubo = manifestação súbita.
Boticário = farmacêutico.
Casa de orates = manicômio; hospício.
Cataplasma = preparado medicinal que se aplica em alguma área do corpo.
Consorte = cônjuge.
Defraudar = lesar.
Disse-lho = disse a ele.
El-rei = o rei.
Eloquência = capacidade de expressar-se com facilidade.
Estipêndio = salário, remuneração.
Frontispício = fachada.
Inefável = agradável.
Inqualificável = neste texto, sentido de abominável.
Longanimidade = paciência.
Meteu-se = recolheu-se, enterrou-se.
Mofinos = minguados, no sentido oposto de robustos.
Orate = louco.
Redarguiu-lhe = respondeu-lhe.
Tostão = antiga moeda que valia 100 réis.
Venerável = quem é considerado santo.
Vereança = conjunto dos vereadores de uma câmara municipal.
Virar o juízo = perder o juízo, ficar louco.

DE COMO ITAGUAÍ GANHOU UMA CASA DE ORATES

As crônicas[1] da vila de Itaguaí dizem que em tempos remotos vivera ali um certo médico, o Dr. Simão Bacamarte, filho da nobreza da terra e o maior dos médicos do Brasil, de Portugal e das Espanhas. Estudara em Coimbra e Pádua. Aos trinta e quatro anos regressou ao Brasil, não podendo el-rei alcançar dele que ficasse em Coimbra, regendo a universidade, ou em Lisboa, expedindo os negócios da monarquia[2].

> **1** Uma crônica é uma pequena história que narra fatos cotidianos e de época. Aqui é como se fossem pequenas histórias sobre a cidade de Itaguaí. De outro lado, pode significar também um conjunto de relatos que sejam associados a boatos.
>
> **2** O Rei de Portugal não conseguiu que ele ficasse em Coimbra, para ser reitor da Universidade de lá, ou mesmo que ficasse em Lisboa, resolvendo os negócios da monarquia. Repare como ele era bem-visto pelo Rei de Portugal. Este prestígio, aliado à nobreza de sua família, explica todo o poder que deixaram em suas mãos.

— A ciência, disse ele à Sua Majestade, é o meu emprego único; Itaguaí é o meu universo.

Dito isso, meteu-se em Itaguaí, e entregou-se de corpo e alma ao estudo da ciência, alternando as curas com as leituras, e demonstrando os teoremas com cataplasmas. Aos quarenta anos casou com D. Evarista da Costa e Mascarenhas, senhora de vinte e cinco anos, viúva de um juiz de fora[3], e não bonita nem simpática. Um dos tios dele, caçador de pacas perante o Eterno[4], e não menos franco, admirou-se de semelhante escolha e disse-lho. Simão Bacamarte explicou-lhe que D. Evarista reunia condições fisiológicas e anatômicas de primeira ordem, digeria com facilidade, dormia regularmente, tinha bom pulso, e excelente vista; estava assim apta para dar-lhe filhos robustos, sãos e inteligentes[5]. Se além dessas prendas, — únicas dignas da preocupação de um sábio, D. Evarista era mal composta de feições, longe de lastimá-lo, agradecia-o a Deus, porquanto não corria o risco de preterir os interesses da ciência[6] na contemplação exclusiva, miúda e vulgar da consorte.

3 Juiz de Fora era um juiz nomeado pelo Rei de Portugal para atuar em processos que necessitassem de um juiz isento e imparcial. Normalmente, eles vinham de fora da localidade, e não podiam ter vínculos de amizade ou familiares com moradores da localidade onde fossem atuar.

4 A expressão "caçador de pacas perante o Eterno" que o narrador associa ao tio de Simão traz uma expressão que foi inspirada num trecho bíblico, de Gênesis 10:9. Para entender melhor a passagem, cabe ler também 10:8, onde diz que Cuxe gerou a Ninrode e este começou a ser poderoso na terra. Este versículo é uma continuação da narração da árvore genealógica desde Adão. Ninrode foi o primeiro a se tornar um homem poderoso. O trecho de Gênesis 10:9 já diz que Ninrode foi poderoso caçador diante da face do Senhor (Deus). Desta forma, há uma associação dizendo que o tio de Simão foi o primeiro parente poderoso de sua geração, e era tão poderoso quanto franco.
O mesmo tio ficou admirado que o sobrinho tivesse escolhido uma mulher ao mesmo tempo feia e antipática.

5 Veja como a mulher é descrita pelo narrador. Simão casou-se com uma mulher de poucos atrativos, mas era nova e tinha boa saúde para lhe dar filhos robustos. Como se fosse um touro no leilão que é escolhido por ser bom reprodutor. Escolhe-se bois dessa forma. A mulher era vista como um simples objeto que deveria servir à determinada função. D. Evarista não foi escolhida por sua personalidade ou beleza, mas sim por ter perfeita saúde e, sendo assim, poder dar ao marido filhos também saudáveis, além de inteligentes, como se isto fosse responsabilidade apenas da mulher.

> **6**
> Um dos motivos de Simão para escolher uma mulher com essa falta de atrativos era que, assim, não correria o risco de deixar de lado a ciência para contemplar possíveis atributos da esposa. Contudo, quando o narrador diz que D. Evarista mentiu às esperanças do marido ele quer dizer que ela frustrou a esperança dele de ser pai, nem mesmo pai de filhos não tão perfeitos como ele imaginou. Simão ainda insistiu por cinco anos, tentou aconselhar a esposa numa dieta especial para que pudesse engravidar, mas ela se negou. Não queria abandonar as iguarias de que gostava. Repare que o narrador critica a atitude da mulher, como se fosse um tanto egoísta, determinando assim o fim da árvore genealógica de Simão, visto que não teria herdeiros.
> Volta-se ao início do capítulo que começa falando de Gênesis e árvore genealógica. Veja como a narrativa está amarrada e vai explicando as referências que faz.

D. Evarista mentiu às esperanças do Dr. Bacamarte, não lhe deu filhos robustos nem mofinos. A índole natural da ciência é a longanimidade; o nosso médico esperou três anos, depois quatro, depois cinco. Ao cabo desse tempo fez um estudo profundo da matéria, releu todos os escritores árabes e outros, que trouxera para Itaguaí, enviou consultas às universidades italianas e alemãs, e acabou por aconselhar à mulher um regímen alimentício especial. A ilustre dama, nutrida exclusivamente com a bela carne de porco de Itaguaí, não atendeu às admoestações do esposo; e à sua resistência, — explicável, mas inqualificável, — devemos a total extinção da dinastia dos Bacamartes.

Mas a ciência tem o inefável dom de curar todas as mágoas; o nosso médico mergulhou inteiramente no estudo e na prática da medicina. Foi então que um dos recantos desta lhe chamou especialmente a atenção, — o recanto psíquico, o exame da patologia cerebral. Não havia na colônia, e ainda no reino, uma só autoridade em semelhante matéria, mal explorada, ou quase inexplorada. Simão Bacamarte compreendeu que a ciência lusitana, e particularmente a brasileira, podia cobrir-se de "louros imarcescíveis"[7], — expressão usada por ele mesmo, mas em um arroubo de intimidade doméstica; exteriormente era modesto, segundo convém aos sabedores.

> **7** Não tendo herdeiros para continuar seu legado, para deixar algo para o mundo, Simão decide então mudar a estratégia. A expressão "Louros imarcescíveis" demonstra que ele compreendeu que, dependendo da área, a ciência poderia lhe dar uma fama sem fim, que não se extinguiria, como uma árvore genealógica de várias gerações. Desta forma, já que não teve filhos, usaria a ciência como forma de deixar um legado para a humanidade. Simão não ousava declarar este desejo de louros, reconheimento, fora de casa. Mostrava-se modesto, mas, internamente, era o que sonhava.

— A saúde da alma, bradou ele, é a ocupação mais digna do médico.

— Do verdadeiro médico, emendou Crispim Soares, boticário da vila, e um dos seus amigos e comensais[8].

> **8** Comensais são as pessoas que comem juntas ou indivíduo que frequenta assiduamente a casa de outro, e lá faz suas refeições. De forma pejorativa, significa aquele que vive à custa de outro. (Isso nos faz lembrar que este nome foi usado no livro de um famoso bruxinho!)

A vereança de Itaguaí, entre outros pecados de que é arguida pelos cronistas, tinha o de não fazer caso dos dementes[9]. Assim é que cada louco furioso era trancado em uma alcova, na própria casa, e, não curado, mas descurado, até que a morte o vinha defraudar do benefício da vida; os mansos andavam à solta pela rua. Simão Bacamarte entendeu desde logo reformar tão ruim costume; pediu licença à Câmara para agasalhar e tratar no edifício que ia construir todos os loucos de Itaguaí e das demais vilas e cidades, mediante um estipêndio, que a Câmara lhe daria quando a família do enfermo o não pudesse fazer. A proposta excitou a curiosidade de toda a vila, e encontrou grande resistência, tão certo é que dificilmente se desarraigam hábitos absurdos, ou ainda maus. A ideia de meter os loucos na mesma casa, vivendo em comum, pareceu em si mesma um sintoma de demência, e não faltou quem o insinuasse à própria mulher do médico.

> **9**
> Quando o narrador diz "Não fazer caso dos dementes" ele quer dizer que os vereadores não se interessavam por quem sofria algum tipo de demência ou loucura.
>   Simão era dado a pesquisas e comprovações de suas teorias. Repare como o narrador nos diz lá no início do capítulo: "meteu-se em Itaguaí, e entregou-se de corpo e alma ao estudo da ciência, alternando as curas com as leituras, e demonstrando os teoremas com cataplasmas". Assim, ele chega à Itaguaí e não apenas exerce a medicina, mas busca curas diferentes, resultados que busca respaldo na prática. Suas pesquisas são trocadas pela tentativa de encontrar uma forma de D. Evarista lhe dar filhos. Até mesmo um regime especial ele tentou. Frustrado com esse fracasso, ele retorna ao estudo da medicina, mas não aquela do dia a dia. Ele descobre que há uma área pouco explorada e que lhe dará, com o devido estudo, reconhecimento e fama mesmo após sua morte. É assim que ele se interessa pela psiquiatria. Se por um lado ele tem seu "fiel seguidor", o boticário Crispim, por outro, não encontra interesse dos vereadores. Repare que o narrador sinaliza a má fama dos políticos da época, com o trecho "A vereança de Itaguaí, entre outros pecados de que é arguida pelos cronistas".

— Olhe, D. Evarista, disse-lhe o Padre Lopes, vigário do lugar, veja se seu marido dá um passeio ao Rio de Janeiro. Isso de estudar sempre, sempre, não é bom, vira o juízo.

D. Evarista ficou aterrada, foi ter com o marido, disse-lhe "que estava com desejos", um principalmente, o de vir ao Rio de Janeiro e comer tudo o que a ele lhe parecesse adequado a certo fim. Mas aquele grande homem, com a rara sagacidade que o distinguia, penetrou a intenção da esposa e redarguiu-lhe sorrindo que não tivesse medo. Dali foi à Câmara, onde os vereadores debatiam a proposta, e defendeu-a com tanta eloquência, que a maioria resolveu autorizá-lo ao que pedira, votando ao mesmo tempo um imposto destinado a subsidiar o tratamento, alojamento e mantimento dos doidos pobres. A matéria do imposto não foi fácil achá-la[10]; tudo estava tributado em Itaguaí. Depois de longos estudos, assentou-se em permitir o uso de dois penachos nos cavalos dos enterros[11]. Quem quisesse emplumar os cavalos de um coche mortuário pagaria dois tostões à Câmara, repetindo-se tantas vezes esta quantia quantas fossem as horas decorridas entre a do falecimento e a da última bênção na sepultura. O escrivão perdeu-se nos cálculos aritméticos do rendimento possível da nova taxa; e um dos vereadores, que não acreditava na empresa do médico, pediu que se relevasse o escrivão de um trabalho inútil[12].

— Os cálculos não são precisos, disse ele, porque o Dr. Bacamarte não arranja nada. Quem é que viu agora meter todos os doidos dentro da mesma casa?

Enganava-se o digno magistrado; o médico arranjou tudo. Uma vez empossado da licença começou logo a construir a casa. Era na Rua Nova, a mais bela rua de Itaguaí naquele tempo, tinha cinquenta janelas por lado, um pátio no centro, e numerosos cubículos para os hóspedes. Como fosse grande arabista, achou no Corão que Maomé declara veneráveis os doidos, pela consideração de que Alá lhes tira o juízo para que não pequem. A ideia pareceu-lhe bonita e profunda, e ele a fez gravar no frontispício da casa; mas, como tinha medo ao vigário, e por tabela

10 Quando o narrador diz que "a matéria do imposto não foi fácil achá-la", reordenando as palavras da frase, temos que "Não foi fácil achar a matéria do imposto", que significa que tudo que era possível taxar já tinha sido taxado em Itaguaí, ou seja, já tinha sido criado um imposto para tal coisa. Encontrar um novo motivo, uma nova coisa, para receber este novo imposto, não seria uma tarefa fácil.

11 Na época, dava-se importância à imponência da cerimônia do enterro. E esta era medida pelos ornamentos (penachos) que eram colocados nos cavalos das carruagens (coches) que levavam o caixão. Permitindo apenas dois penachos, quem quisesse ornamentar o cavalo com muitos penachos pagaria uma fortuna.

12 Reparem na crítica política que Machado de Assis faz. Os vereadores nunca se preocuparam com os possíveis "loucos" da cidade. A proposta de Simão de construir uma casa onde ele internaria os loucos e, por este trabalho, receberia um salário da Câmara, caso os familiares não pudessem arcar com as despesas, pareceu, a princípio, insano. (Aqui a ironia: ele que queria internar os loucos é dado como louco). Os vereadores ainda estavam debatendo a proposta, quando Simão discursou tão bem que os convenceu. Mas o que convenceu mesmo os vereadores foi a ideia de criar um novo imposto e dele ser muito vantajoso. O objetivo do imposto era patrocinar a nova casa de loucos, desde a construção até a manutenção. Então, resolvem taxar a ornamentação dos cavalos funerários, sendo cobrado por hora percorrida do falecimento até o enterro, gerando um montante tão alto que o próprio escrivão se perdeu com os cálculos.

ao bispo, atribuiu o pensamento a Benedito VIII, merecendo com essa fraude, aliás pia, que o Padre Lopes lhe contasse, ao almoço, a vida daquele pontífice eminente.

A Casa Verde foi o nome dado ao asilo, por alusão à cor das janelas, que pela primeira vez apareciam verdes em Itaguaí. Inaugurou-se com imensa pompa; de todas as vilas e povoações próximas, e até remotas, e da própria cidade do Rio de Janeiro, correu gente para assistir às cerimônias, que duraram sete dias. Muitos dementes já estavam recolhidos; e os parentes tiveram ocasião de ver o carinho paternal e a caridade cristã com que eles iam ser tratados. D. Evarista, contentíssima com a glória do marido, vestira-se luxuosamente, cobriu-se de joias, flores e sedas. Ela foi uma verdadeira rainha naqueles dias memoráveis; ninguém deixou de ir visitá-la duas e três vezes, apesar dos costumes caseiros e recatados do século, e não só a cortejavam como a louvavam; porquanto, — e este fato é um documento altamente honroso para a sociedade do tempo, — porquanto viam nela a feliz esposa de um alto espírito, de um varão ilustre, e, se lhe tinham inveja, era a santa e nobre inveja dos admiradores.

Ao cabo de sete dias expiraram as festas públicas; Itaguaí tinha finalmente uma casa de Orates.

Uma conversinha sobre o 1º capítulo:

Pessoal, dá para acreditar: sete dias de festa para comemorar a inauguração de uma casa de loucos? E o médico mais doido ainda que inventa essa história passa a ser tratado como uma grande celebridade e, por tabela, ou seja, indiretamente, sua esposa também. A mesma esposa escolhida só porque era novinha e tinha boa saúde, para ser uma "boa parideira" agora se dedica a curtir a bajulação da cidade. Falando nela, eu fico irritadíssima com essa forma como as mulheres eram tratadas. Viva os direitos que conseguimos. E viva o conhecimento científico de saber que é falsa aquela ideia de que "a mulher deu um filho ou filha ao marido". Eca! Enfim, ensinaram para o pessoal que tem o espermatozoide e tem o óvulo, que tem o cromossomo X e o Y. E adivinha quem carrega o cromossomo que determina se o bebê será menino? Ahã! O homem! Bom, mas vamos voltar à história de celebridades instantâneas.

Se pararmos para pensar, quantas pessoas são elevadas à condição de "celebridades" sem que tenham realizado nada de especial nos dias atuais? Neste caso, pelo menos, foi um médico que virou celebridade. Acho mesmo que deveríamos ter mais médicos, cientistas, professores que virassem celebridades tanto ou mais quanto os youtubers, atores, jogadores de futebol, participantes de reality shows.

Poxa, tem tanta gente fazendo tanta coisa bacana e nada de mídia para elas. É, estamos todos loucos. É bom que não exista um Simão por aí, ou correremos perigo.

Agora, outro assunto. Vocês lembram o significado de "juiz de fora"? Repararam que temos uma cidade brasileira com este nome. Aliás, quantas vezes nos interessamos em saber a história por trás de um nome, seja de rua, do bairro ou de uma cidade?

Então, no final desta novela, criei algumas perguntinhas do tipo "quiz" para você verificar se não dormiu durante a leitura.

Tarefa Especial:

Como seria o capítulo 1 escrito com uma linguagem mais contemporânea? Vamos tentar? Depois confira a nossa releitura no final do texto "O Alienista".

CAPÍTULO II

Uma palavrinha antes de começar a leitura...

Eu bem sei o quanto é difícil ler um texto com tantas palavras diferentes e, às vezes, esquisitas, não é? Muitas nem são usadas hoje, mas outras tantas ainda são, sabia? Principalmente no meio jurídico. Esta fala mais pomposa é considerada uma fala culta. E vocês vão enfrentar vários textos cultos durante a vida. Um dos objetivos dessa leitura de clássicos é se acostumar a ler, entender e, principalmente, interpretar textos com níveis mais altos de complexidade. Quem nunca se deparou com os termos de um contrato e achou que estava lendo em grego? Todos querem conhecer o mundo e encontrar um lugar nele, e só há um caminho para isso: a leitura. É por meio dela que acessamos o conhecimento, entendemos os pormenores do comportamento humano, as entrelinhas da sociedade. Entendendo o mundo, entendemos a sociedade e o outro. E, então, ao entender, criamos a nossa própria voz, e ganhamos força para lutar por caminhos mais justos. Ler um texto de ficção é a melhor forma de todas, porque com ele aprendemos nos divertindo.

O mais interessante de uma leitura de texto de qualidade, como é o texto de Machado de Assis, é que descobrimos muitas coisas a partir da narrativa. Paramos para pensar de onde surgiram algumas expressões. É uma aula sem ser aula, entende? É um dicionário de respostas para perguntas que nunca pensamos em fazer.

Você já ouviu falar na expressão "Torre de Babel"? Foi feita até uma novela com este nome. Sabia que algumas músicas foram inspiradas em livros como a Bíblia? Conhece a música "Monte Castelo", do Renato Russo? "Se eu não falasse a língua dos homens... É só o amor, é só o amor que conhece o que é verdade". Pois é, "Monte Castelo" teve como inspiração um trecho bíblico. Show, não é?

Você fala outro idioma? Para quem fala outro idioma, quando alcança certo nível de fluência, a leitura passa a acontecer sem que o cérebro tente traduzir cada palavra. Imagine a frase em inglês: "The book is on the table". Para quem entende perfeitamente lê a frase e compreende o significado. Não precisa traduzir palavra a palavra, gerando a frase "O livro está sobre a mesa". Com a leitura de livros clássicos acontece o mesmo. Quanto mais você lê, mais natural fica esse entendimento, sem precisar "traduzir" frase a frase. Lembra da tarefa do capítulo anterior?

Então, mesmo que esteja difícil, não desista. Tente fazer o exercício anterior, adaptando o texto para uma linguagem mais atual. Aos poucos, o seu cérebro fará automaticamente este trabalho.

Chega de papo e vamos descobrir o que mais o Simão andou aprontando!

Glossário

Algibebe = pessoa que vende roupas novas ou usadas.
Atilado = correto, sensato.
Aturado = persistente.
Chalaça = piada.
Dantes = de + antes = antigamente.
Devassa = investigação rigorosa.
Engendrar = dar origem a.
Escritura = Bíblia.
Garrucha = arma de fogo.
Inquiria = interrogava, pesquisava;
Monomaníacos = obcecados por alguma ideia.
Peralvilho = almofadinha = indivíduo que se veste e age com extremo exagero.
Pio = quem cumpre os deveres da religião, que é devoto.
Púrpura = é uma substância corante de tom vermelho de onde se extrai a cor púrpura, mas é também um tecido associado ao poder.
Recamo = enfeite.
Regimento = estatuto, norma.
Reproche = censura.
Sair no encalço = saiu perseguindo.
Supunha-se estrela d'alva = achava que era uma estrela.
Tropo = metáfora.

TORRENTE DE LOUCOS

Três dias depois, numa expansão íntima com o boticário Crispim Soares, desvendou o alienista o mistério do seu coração.

— A caridade, Sr. Soares, entra decerto no meu procedimento, mas entra como tempero, como o sal das coisas, que é assim que interpreto o dito de S. Paulo aos Coríntios: "Se eu conhecer quanto se pode saber, e não tiver caridade, não sou nada"[1]. O principal nesta minha obra da Casa Verde é estudar profundamente a loucura, os seus diversos graus, classificar-lhe os casos, descobrir enfim a causa do fenômeno e o remédio universal. Este é o mistério do meu coração. Creio que com isto presto um bom serviço à humanidade.

> 1 Simão cita a carta de São Paulo aos Coríntios, na Bíblia, no livro 1 Coríntios 13. Deste capítulo tira-se o famoso versículo "1. Ainda que eu falasse a língua dos homens e dos anjos, se não tiver caridade, sou como o bronze que soa, ou como o címbalo que retine". Para a passagem de Machado de Assis, deve-se reparar no versículo 2: "Mesmo que eu tivesse o dom da profecia, e conhecesse todos os mistérios e toda a ciência; mesmo que tivesse toda a fé, a ponto de transportar montanhas, se não tiver caridade, não sou nada". Somente para o amigo Crispim Simão confessa que o que lhe interessa na Casa Verde não é ajudar os loucos, ou seja, fazer a caridade de cuidar deles, mas é usar esses loucos como "cobaias" para criar suas teorias sobre os diversos tipos de loucura.

> 2 Vilão aqui significa alguém tanto rústico quanto rude. O caso era estranho. Como alguém bronco (ignorante, burro) e rústico poderia discursar temas acadêmicos, usando grego, latim, citando grandes escritores e filósofos?

— Um excelente serviço, corrigiu o boticário.

— Sem este asilo, continuou o alienista, pouco poderia fazer; ele dá-me, porém, muito maior campo aos meus estudos.

— Muito maior, acrescentou o outro.

E tinham razão. De todas as vilas e arraiais vizinhos afluíam loucos à Casa Verde. Eram furiosos, eram mansos, eram monomaníacos, era toda a família dos deserdados do espírito. Ao cabo de quatro meses, a Casa Verde era uma povoação. Não bastaram os primeiros cubículos; mandou-se anexar uma galeria de mais trinta e sete. O Padre Lopes confessou que não imaginara a existência de tantos doidos no mundo, e menos ainda o inexplicável de alguns casos. Um, por exemplo, um rapaz bronco e vilão[2], que todos os dias, depois do almoço, fazia regularmente um discurso acadêmico, ornado de tropos, de antíteses, de apóstrofes, com seus recamos de grego e latim, e suas borlas de Cícero, Apuleio e Tertuliano[3]. O vigário não queria acabar de crer. Quê! Um rapaz que ele vira, três meses antes, jogando peteca na rua!

— Não digo que não, respondia-lhe o alienista; mas a verdade é o que Vossa Reverendíssima está vendo. Isto é todos os dias.

— Quanto a mim, tornou o vigário, só se pode explicar pela confusão das línguas na torre de Babel[4], segundo nos conta a Escritura; provavelmente, confundidas antigamente as línguas, é fácil trocá-las agora, desde que a razão não trabalhe...

---

3 Eram escritores e filósofos romanos do século I, lidos por quem deveria demonstrar cultura, cujas obras caracterizavam pela prolixidade. Machado de Assis faz, aqui, por meio do personagem, uma crítica à retórica empolada.

4 Machado usa mais uma passagem bíblica. Gênesis 11, na qual dizia que toda a terra falava a mesma língua. Então, os filhos de Noé acharam um vale e ali construíram casas e tiveram a ideia de construir toda uma cidade e uma torre cujo topo tocasse o céu. Então, Deus teria se aborrecido com as ambições e misturou todas as línguas da cidade que foi chamada de Babel.

— Essa pode ser, com efeito, a explicação divina do fenômeno, concordou o alienista, depois de refletir um instante, mas não é impossível que haja também alguma razão humana, e puramente científica, e disso trato...

— Vá que seja, e fico ansioso. Realmente!

Os loucos por amor eram três ou quatro, mas só dois espantavam pelo curioso do delírio. O primeiro, um Falcão, rapaz de vinte e cinco anos, supunha-se estrela d'alva, abria os braços e alargava as pernas, para dar-lhes certa feição de raios, e ficava assim horas esquecidas a perguntar se o sol já tinha saído para ele recolher-se. O outro andava sempre, sempre, sempre, à roda das salas ou do pátio, ao longo dos corredores, à procura do fim do mundo. Era um desgraçado, a quem a mulher deixou por seguir um peralvilho. Mal descobrira a fuga, armou-se de uma garrucha, e saiu-lhes no encalço; achou-os duas horas depois, ao pé de uma lagoa, matou-os a ambos com os maiores requintes de crueldade.

O ciúme satisfez-se, mas o vingado estava louco. E então começou aquela ânsia de ir ao fim do mundo à cata dos fugitivos.

A mania das grandezas tinha exemplares notáveis. O mais notável era um pobre-diabo, filho de um algibebe, que narrava às paredes (porque não olhava nunca para nenhuma pessoa) toda a sua genealogia[5], que era esta:

> **5** Genealogia é o mesmo que árvore genealógica, que é o diagrama que reproduz a origem de um indivíduo através de seus antepassados. Repare que Machado de Assis usa de novo a narrativa do primeiro livro da Bíblia, o Gênesis, que trata exatamente disso.

— Deus engendrou um ovo, o ovo engendrou a espada, a espada engendrou Davi, Davi engendrou a púrpura, a púrpura engendrou o duque, o duque engendrou o marquês, o marquês engendrou o conde, que sou eu.

Dava uma pancada na testa, um estalo com os dedos, e repetia cinco, seis vezes seguidas:

— Deus engendrou um ovo, o ovo etc.

Outro da mesma espécie era um escrivão, que se vendia por mordomo do rei; outro era um boiadeiro de Minas, cuja mania era distribuir boiadas a toda a gente, dava trezentas cabeças a um, seiscentas a outro, mil e duzentas a outro, e não acabava mais. Não falo dos casos de monomania religiosa; apenas citarei um sujeito que, chamando-se João de Deus, dizia agora ser o deus João, e prometia o reino dos céus a quem o adorasse, e as penas do inferno aos outros; e depois desse, o licenciado Garcia, que não dizia nada, porque imaginava que no dia em que chegasse a proferir uma só palavra, todas as estrelas se despegariam do céu e abrasariam a terra; tal era o poder que recebera de Deus.

Assim o escrevia ele no papel que o alienista lhe mandava dar, menos por caridade do que por interesse científico[6].

Repare que Machado vai tecendo sua ironia, demonstrando que não havia caridade alguma em Simão, mas todas suas ações tinham sempre o objetivo de estudar os loucos. Repare também que os casos descritos até aqui são nitidamente pessoas com algum problema psiquiátrico. Mas, em breve, percebam como essa análise começa a ser deturpada.

Que, na verdade, a paciência do alienista era ainda mais extraordinária do que todas as manias hospedadas na Casa Verde; nada menos que assombrosa. Simão Bacamarte começou por organizar um pessoal de administração; e, aceitando essa ideia ao boticário Crispim Soares, aceitou-lhe também dois sobrinhos, a quem incumbiu da execução de um regimento que lhes deu, aprovado pela Câmara, da distribuição da comida e da roupa, e assim também na escrita etc. Era o melhor que podia fazer, para somente cuidar do seu ofício.

— A Casa Verde, disse ele ao vigário, é agora uma espécie de mundo, em que há o governo temporal e o governo espiritual. E o Padre Lopes ria deste pio trocado, e acrescentava, — com o único fim de dizer também uma chalaça: — Deixe estar, deixe estar, que hei de mandá-lo denunciar ao papa.

Uma vez desonerado da administração, o alienista procedeu a uma vasta classificação dos seus enfermos. Dividiu-os primeiramente em duas classes principais: os furiosos e os mansos; daí passou às subclasses, monomanias, delírios, alucinações diversas. Isto feito, começou um estudo aturado e contínuo; analisava os hábitos de cada louco, as horas de acesso, as aversões, as simpatias, as palavras, os gestos, as tendências; inquiria da vida dos enfermos, profissão, costumes, circunstâncias da revelação mórbida, acidentes da infância e da mocidade, doenças de outra espécie, antecedentes na família, uma devassa, enfim, como a não faria o mais atilado corregedor. E cada dia notava uma observação nova, uma descoberta interessante, um fenômeno extraordinário. Ao mesmo tempo estudava o melhor regímen, as substâncias medicamentosas, os meios curativos e os meios paliativos, não só os que vinham nos seus amados árabes, como os que ele mesmo descobria, à força de sagacidade e paciência. Ora, todo esse trabalho levava-lhe o melhor e o mais do tempo. Mal dormia e mal comia; e, ainda comendo, era como se trabalhasse, porque ora interrogava um texto antigo, ora ruminava uma questão, e ia muitas vezes de um cabo a outro do jantar sem dizer uma só palavra a D. Evarista.

Uma conversinha sobre o 2º capítulo:

Gente, que loucura! Simão internou uma penca de gente. Imagine isso. Se você sofre de amor, pode ser considerado louco, e lá vai parar na Casa Verde. Mas claro que existe a loucura "justificada" pelo amor, normalmente ações irracionais baseadas no ciúme. Isso, sim, é uma doença. E gera os índices tão altos de violência doméstica. E teve um caso assim na história. Naquela época, a mulher era considerada criminosa se traísse. Isso "dava" aos maridos o direito de "lavar a sua honra" e nada acontecer. Um absurdo!

Mas vamos considerar que, nesta primeira seleção, Simão achou uns tipos bem esquisitos, não é? Imagine alguém passar a noite fingindo ser uma estrela? Ou alguém criar uma árvore genealógica, onde Deus teria criado um ovo, esse ovo teria dado origem à espada, à espada ao personagem bíblico Davi, Davi teria criado o manto poderoso púrpura, que por sua vez teria criado o duque (título nobre de maior importância), que teria criado outro nobre, o marquês, com menor importância, que teria criado o conde (outro nobre que vem logo atrás na hierarquia), e que esse conde seria o personagem "doido". É, tava doido mesmo!

Considerando a classificação que Simão deu aos "tipos de loucos", será que deveríamos ficar preocupados? Há um ditado que diz assim: "de médico e louco, todo mundo tem um pouco". Sabe de onde surgiu? Ahã! Do conto "alienista". Significa que temos um pouco da personalidade dos dois. Será que você conseguiria apontar o que teria de louco em sua personalidade? Eu confesso (tenho TOC!).

Então, no final do livro, preparei algumas perguntinhas do tipo "quiz" para você verificar se não dormiu durante a leitura.

CAPÍTULO III

Uma palavrinha antes de começar a leitura...

A última frase do último capítulo é um supergancho para este capítulo. Imagine alguém que só trabalha e não fala nem um "oi" para quem vive com ele? É, o pior de tudo é que isso é mais comum hoje em dia do que poderíamos acreditar. Ler sobre a forma como as mulheres eram tratadas no passado é um lembrete e tanto do quanto conquistamos com o tempo. Os direitos adquiridos pelas mulheres não foram bons só para elas, mas para todos. Uma sociedade que respeita as diferenças, que não menospreza qualquer pessoa por sexo, religião, cultura etc., só tende a crescer. Sabiam que na década de 40 as mulheres tinham que ter permissão dos maridos para trabalhar fora? E que adultério era considerado crime?

Outro assunto que o narrador aborda é como uma pessoa pode adoecer de tristeza. O próprio Machado adoeceu de tristeza depois que sua esposa Carolina faleceu. Ele era loucamente apaixonado por ela. Ops, a palavra louco apareceu de novo!

Sem enrolação, vamos ver o que Simão aprontou agora!

Glossário

Cruzados e dobrões = moedas.
Nem a menor prega = nem a menor ruga de expressão.
Óleo do Cântico = outra referência bíblica ao livro dos Cânticos que fala sobre unguentos com aromas suaves.
Pérfido = que revela falsidade, maldade.
Ruana = que tem pelo esbranquiçado com manchas escuras.

DEUS SABE O QUE FAZ!

A ilustre dama, no fim de dois meses, achou-se a mais desgraçada das mulheres; caiu em profunda melancolia, ficou amarela, magra, comia pouco e suspirava a cada canto. Não ousava fazer-lhe nenhuma queixa ou reproche, porque respeitava nele o seu marido e senhor, mas padecia calada, e definhava a olhos vistos. Um dia, ao jantar, como lhe perguntasse o marido o que é que tinha, respondeu tristemente que nada; depois atreveu-se um pouco, e foi ao ponto de dizer que se considerava tão viúva como dantes. E acrescentou:

— Quem diria nunca que meia dúzia de lunáticos...

Não acabou a frase; ou, antes, acabou-a levantando os olhos ao teto, — os olhos, que eram a sua feição mais insinuante, — negros, grandes, lavados de uma luz úmida, como os da aurora. Quanto ao gesto, era o mesmo que empregara no dia em que Simão Bacamarte a pediu em casamento. Não dizem as crônicas se D. Evarista brandiu aquela arma com o perverso intuito de degolar de uma vez a ciência, ou, pelo menos, decepar-lhe as mãos; mas a conjetura é verossímil. Em todo caso, o alienista não lhe atribuiu outra intenção. E não se irritou o grande homem, não ficou sequer consternado. O metal de seus olhos não deixou de ser o mesmo metal, duro, liso, eterno, nem a menor prega veio quebrar a superfície da fronte quieta como a água de Botafogo. Talvez um sorriso lhe descerrou os lábios, por entre os quais filtrou esta palavra macia como o óleo do Cântico[1]:

— Consinto que vás dar um passeio ao Rio de Janeiro.

> **1** Óleo do Cântico é outra referência bíblica ao livro dos Cânticos que fala sobre unguentos com aromas suaves.

D. Evarista sentiu faltar-lhe o chão debaixo dos pés. Nunca dos nuncas vira o Rio de Janeiro, que posto não fosse sequer uma pálida sombra do que hoje é, todavia era alguma coisa mais do que Itaguaí. Ver o Rio de Janeiro, para ela, equivalia ao sonho do hebreu cativo[2]. Agora, principalmente, que o marido assentara de vez naquela povoação interior, agora é que ela perdera as últimas esperanças de respirar os ares da nossa boa cidade; e justamente agora é que ele a convidava a realizar os seus desejos de menina e moça. D. Evarista não pôde dissimular o gosto de semelhante proposta. Simão Bacamarte pegou-lhe na mão e sorriu, — um sorriso tanto ou quanto filosófico, além de conjugal, em que parecia traduzir-se este pensamento: — "Não há remédio certo para as dores da alma; esta senhora definha, porque lhe parece que a não amo; dou-lhe o Rio de Janeiro, e consola-se". E porque era homem estudioso tomou nota da observação[3].

> **2** Sonho do hebreu cativo = outra referência bíblica = A antiga Babilônia (hoje situada onde é o Iraque) era um poderoso império na região do Oriente Médio. A região da Palestina, conhecida como a "Terra Prometida", onde foi erguido o Reino Israel, foi atacada por outros impérios, entre eles os babilônios. Eles maltrataram e castigaram os hebreus que foram deportados à força para um cativeiro na Babilônia, onde se tornaram escravos. Então, o sonho do hebreu era a liberdade.

> **3** Que vida as mulheres levavam, não é? Sujeitas às vontades e "loucuras" dos maridos. Aqui, o louco Simão, só demonstrava interesse na ciência, nos seus estudos. Imagina a pobre Evarista passar meses com um marido que sequer lhe dirigia a palavra? Se antes, ela chegou a se animar por ser a "primeira-dama" da Casa Verde, passados aqueles sete dias de festa, não tinha mais a atenção de ninguém, voltando ao vazio da sua vida diária. Similar às mulheres da época, ela já estava

> conformada com sua vida ruim, sem sequer ter coragem de reclamar. Por isso, um pequeno mimo que era realizar o sonho de conhecer a cidade imperial, o Rio de Janeiro, foi suficiente para dar-lhe algum ânimo. Mas não ache que ela é ingênua. Veja que as mulheres, para conseguir um pouco que fosse, tinham suas artimanhas, jogavam com as palavras, os silêncios, os olhares... Ah, Machado e os olhos femininos!
>
> Contudo, veja também que perigo ela começa a correr. Simão notou que sua tristeza parecia ser por achar que ele não a amava, mas que a tristeza desapareceu diante do presente da viagem. Ele não só notou como anotou. Pobre Evarista!

Mas um dardo atravessou o coração de D. Evarista. Conteve-se, entretanto: limitou-se a dizer ao marido, que, se ele não ia, ela não iria também, porque não havia de meter-se sozinha pelas estradas.

— Irá com sua tia, redarguiu o alienista.

Note-se que D. Evarista tinha pensado nisso mesmo; mas não quisera pedi-lo nem insinuá-lo, em primeiro lugar porque seria impor grandes despesas ao marido, em segundo lugar porque era melhor, mais metódico e racional que a proposta viesse dele.

— Oh! mas o dinheiro que será preciso gastar! suspirou D. Evarista sem convicção.

— Que importa? Temos ganho muito, disse o marido. Ainda ontem o escriturário prestou-me contas. Queres ver?

E levou-a aos livros. D. Evarista ficou deslumbrada. Era uma via láctea de algarismos. E depois levou-a às arcas, onde estava o dinheiro.

Deus! eram montes de ouro, eram mil cruzados sobre mil cruzados, dobrões sobre dobrões; era a opulência.

Enquanto ela comia o ouro com os seus olhos negros, o alienista fitava-a, e dizia-lhe ao ouvido com a mais pérfida das alusões:

— Quem diria que meia dúzia de lunáticos...

D. Evarista compreendeu, sorriu e respondeu com muita resignação:

— Deus sabe o que faz!

Três meses depois efetuava-se a jornada. D. Evarista, a tia, a mulher do boticário, um sobrinho deste, um padre que o alienista conhecera em Lisboa, e que de aventura achava-se em Itaguaí, cinco ou seis pajens, quatro mucamas, tal foi a comitiva que a população viu dali sair em certa manhã do mês de maio[4]. As despedidas foram tristes para todos, menos para o alienista. Conquanto as lágrimas de D. Evarista fossem abundantes e sinceras, não chegaram a abalá-lo. Homem de ciência, e só de ciência, nada o consternava fora da ciência; e se alguma coisa o preocupava naquela ocasião, se ele deixava correr pela multidão um olhar inquieto e policial, não era outra coisa mais do que a ideia de que algum demente podia achar-se ali misturado com a gente de juízo.

> **4** Que cara de pau esse boticário! Não sei se você lembra que, na conta dessa amizade, Simão empregou na Casa Verde dois sobrinhos do Crispim. E agora, na mesma aba da viagem, vão a mulher do boticário, outro sobrinho, e até um padre conhecido. Só não ficou claro quem pagou por essa comitiva...

E partiu a comitiva. Crispim Soares, ao tornar a casa, trazia os olhos entre as duas orelhas da besta ruana em que vinha montado; Simão Bacamarte alongava os seus pelo horizonte adiante, deixando ao cavalo a responsabilidade do regresso. Imagem vivaz do gênio e do vulgo! Um fita o presente, com todas as suas lágrimas e saudades, outro devassa o futuro com todas as suas auroras.

Uma conversinha sobre o 3º capítulo:

Você também sentiu pena da D. Evarista? Pois é, no início do capítulo dava peninha dela. Coitada, desprezada pelo marido, sofrendo, entristecida... Mas não é que ela se mostrou bem interesseira? Nem dá para julgar. Naquela época, as mulheres não tinham direito nenhum. Então, já que ela estava reduzida a este "objeto caseiro", então que pudesse aproveitar o que de bom o marido queria lhe oferecer. E uma viagem para o Rio de Janeiro era como alguém hoje sonhar com a Disney ou viajar para a Europa! Uau!

No final do capítulo, o narrador é tremendamente irônico com a relação entre Simão e o boticário. Veja que Crispim retorna de cabeça baixa e o narrador diz que ele estava montado numa besta, enquanto que Simão voltava de cabeça erguida, olhando para o horizonte, montado em seu cavalo. Dá para ver a diferença entre os dois, não é? Não só em personalidade como em posses.

CAPÍTULO IV

Uma palavrinha antes de começar a leitura...

Será que Simão é capaz de ampliar suas ideias sobre a loucura? Não seria suficiente os loucos que pôs na Casa Verde? Dizem que uma vez que alcançamos um objetivo, já não pensamos mais nele, e nossa mente começa a ansiar por uma nova meta.

Acho que Simão estava sofrendo disso...

Não há nada de errado em buscarmos novos desafios, e desejarmos conquistar melhores posições, mas o que tem de interessante neste capítulo é mostrar como o poder e o desejo de perfeição pode desvirtuar uma boa intenção. E, em contraponto, mostrar o avesso dessa dedicação que é aquele que vive "na aba", ou vive só para bajular. A vida profissional nos apresenta, às vezes, esses casos. O funcionário dedicado, que busca o melhor, enquanto o outro se preocupa em "puxar o saco" do chefe, fazer intrigas, para conseguir galgar posições.

Em qualquer situação, precisamos ter personalidade, opinião própria, aprender a questionar as atitudes, ter coragem de discordar. E Machado nos mostra bem que, desde que o mundo é mundo, há quem plante e há quem só queira colher.

Vamos ver que nova teoria é essa do alienista!

Glossário

Biltre = indivíduo desprezível, canalha.
Circunspecto = cauteloso.
Comiseração = misericórdia.
Egrégia = nobre.
Fâmulo = criado.
Lacaio = criado que acompanha o amo.
Lavradia = que está própria para ser lavrada, arada.
Lisamente = com lisura, com honestidade.
Sezão = febre intermitente.

UMA TEORIA NOVA

Ao passo que D. Evarista, em lágrimas, vinha buscando o Rio de Janeiro[1], Simão Bacamarte estudava por todos os lados uma certa ideia arrojada e nova, própria a alargar as bases da psicologia. Todo o tempo que lhe sobrava dos cuidados da Casa Verde, era pouco para andar na rua, ou de casa em casa, conversando as gentes, sobre trinta mil assuntos, e virgulando as falas de um olhar que metia medo aos mais heroicos.

> 1 — Veja que Evarista, ao tomar o gosto de conhecer o Rio de Janeiro, não se contentou com apenas um passeio. Ela agora tinha uma comparação com sua vida em Itaguaí, e não mais escondia seus sentimentos. Pedia, chorosa, para passar mais tempo no Rio de Janeiro. Mas enquanto ela se empenhava nisso, Simão se empenhava em novos patamares da sua pesquisa.

Um dia, de manhã, — eram passadas três semanas, — estando Crispim Soares ocupado em temperar um medicamento, vieram dizer-lhe que o alienista o mandava chamar.

— Trata-se de negócio importante, segundo ele me disse, acrescentou o portador.

Crispim empalideceu. Que negócio importante podia ser, se não alguma triste notícia da comitiva, e especialmente da mulher? Porque este tópico deve ficar claramente definido, visto insistirem nele os cronistas: Crispim amava a mulher, e, desde trinta anos, nunca estiveram separados um só dia. Assim se explicam os monólogos que ele fazia agora, e que os fâmulos lhe ouviam muita vez: — "Anda, bem feito, quem te mandou consentir na viagem de Cesária? Bajulador, torpe bajulador! Só para adular ao Dr. Bacamarte. Pois agora aguenta-te; anda, aguenta-te, alma de lacaio, fracalhão, vil, miserável. Dizes amém a tudo, não é? aí tens o lucro, biltre!" — E muitos outros nomes feios, que um homem não deve dizer aos outros, quanto mais a si mesmo. Daqui a imaginar o efeito do recado é um nada. Tão depressa ele o recebeu como abriu mão das drogas e voou à Casa Verde.

Simão Bacamarte recebeu-o com a alegria própria de um sábio, uma alegria abotoada de circunspeção até o pescoço.

— Estou muito contente, disse ele.

— Notícias do nosso povo? perguntou o boticário com a voz trêmula.

O alienista fez um gesto magnífico, e respondeu:

— Trata-se de coisa mais alta, trata-se de uma experiência científica. Digo experiência, porque não me atrevo a assegurar desde já a minha ideia; nem a ciência é outra coisa, Sr. Soares, senão uma investigação constante. Trata-se, pois, de uma experiência, mas uma experiência que vai mudar a face da Terra. A loucura, objeto dos meus estudos, era até agora uma ilha perdida no oceano da razão; começo a suspeitar que é um continente.

Disse isto, e calou-se, para ruminar o pasmo do boticário. Depois explicou compridamente a sua ideia. No conceito dele a insânia abrangia uma vasta superfície de cérebros; e desenvolveu isto com grande cópia de raciocínios, de textos, de exemplos. Os exemplos achou-os na história e em Itaguaí; mas, como um raro espírito que era, reconheceu o perigo de citar todos os casos de Itaguaí, e refugiou-se na história. Assim, apontou com especialidade alguns personagens célebres, Sócrates, que tinha um demônio familiar, Pascal, que via um abismo à esquerda, Maomé, Caracala, Domiciano, Calígula etc., uma enfiada de casos e pessoas, em que de mistura vinham entidades odiosas, e entidades ridículas.

E porque o boticário se admirasse de uma tal promiscuidade, o alienista disse-lhe que era tudo a mesma coisa, e até acrescentou sentenciosamente:

— A ferocidade, Sr. Soares, é o grotesco a sério.

— Gracioso, muito gracioso! exclamou Crispim Soares levantando as mãos ao céu.

Quanto à ideia de ampliar o território da loucura, achou-a o boticário extravagante; mas a modéstia, principal adorno de seu espírito, não lhe sofreu confessar outra coisa além de um nobre entusiasmo; declarou-a sublime e verdadeira, e acrescentou que era "caso de matraca". Esta expressão não tem equivalente no estilo moderno. Naquele tempo, Itaguaí, que como as demais vilas, arraiais e povoações da colônia, não dispunha de imprensa, tinha dois modos de divulgar uma notícia: ou por meio de cartazes manuscritos e pregados na porta da Câmara e da matriz; — ou por meio de matraca[2].

> **2** Matraca, no popular, é a pessoa que fala demais e depressa. Mas matraca também é um instrumento de percussão que produz estalos repetidos.

Eis em que consistia este segundo uso. Contratava-se um homem, por um ou mais dias, para andar as ruas do povoado, com uma matraca na mão.

De quando em quando tocava a matraca, reunia-se gente, e ele anunciava o que lhe incumbiam, — um remédio para sezões, umas terras lavradias, um soneto, um donativo eclesiástico, a melhor tesoura da vila, o mais belo discurso do ano etc. O sistema tinha inconvenientes para a paz pública; mas era conservado pela grande energia de divulgação que possuía. Por exemplo, um dos vereadores, — aquele justamente que mais se opusera à criação da Casa Verde, — desfrutava a reputação de perfeito educador de cobras e macacos, e, aliás, nunca domesticara um só desses bichos; mas, tinha o cuidado de fazer trabalhar a matraca todos os meses. E dizem as crônicas que algumas pessoas afirmavam ter visto cascavéis dançando no peito do vereador; afirmação perfeitamente falsa, mas só devida à absoluta confiança no sistema. Verdade, verdade; nem todas as instituições do antigo regímen mereciam o desprezo do nosso século[3].

> **3** A ironia de Machado é maravilhosa, e como é atual. Primeiro porque aqui no Rio de Janeiro, no subúrbio ou em cidades menores, existe uma "versão moderna" da matraca, que são os carros de sons, que passam anunciando estabelecimentos, eventos etc. Na sua cidade também tem isso?
> Por outro lado, veja que o único vereador que foi contra a Casa Verde não fez isso por ser uma pessoa totalmente honesta. Era um homem que trazia uma reputação falsa, porque as matracas anunciavam mentiras e as pessoas acreditavam. Isso hoje em dia se chama *FAKE NEWS!* Machado, Machado, como você é atual!

— Há melhor do que anunciar a minha ideia, é praticá-la, respondeu o alienista à insinuação do boticário.

E o boticário, não divergindo sensivelmente deste modo de ver, disse-lhe que sim, que era melhor começar pela execução.

— Sempre haverá tempo de a dar à matraca, concluiu ele.

Simão Bacamarte refletiu ainda um instante, e disse:

— Supondo o espírito humano uma vasta concha, o meu fim, Sr. Soares, é ver se posso extrair a pérola, que é a razão; por outros termos, demarquemos definitivamente os limites da razão e da loucura. A razão é o perfeito equilíbrio de todas as faculdades; fora daí insânia, insânia e só insânia.

O vigário Lopes, a quem ele confiou a nova teoria, declarou lisamente que não chegava a entendê-la, que era uma obra absurda, e, se não era absurda, era de tal modo colossal que não merecia princípio de execução.

— Com a definição atual, que é a de todos os tempos, acrescentou, a loucura e a razão estão perfeitamente delimitadas. Sabe-se onde uma acaba e onde a outra começa. Para que transpor a cerca?

Sobre o lábio fino e discreto do alienista roçou a vaga sombra de uma intenção de riso, em que o desdém vinha casado à comiseração; mas nenhuma palavra saiu de suas egrégias entranhas.

A ciência contentou-se em estender a mão à teologia, — com tal segurança, que a teologia não soube enfim se devia crer em si ou na outra. Itaguaí e o universo ficavam à beira de uma revolução.

Uma conversinha sobre o 4º capítulo:

Simão se supera, não é? Mas antes de falar da nova ideia dele, reparou no pobre Crispim? Enquanto o coitado já pensou que tinha acontecido alguma desgraça com a amada esposa, o médico só pensava em fisgar mais loucos. Chega a dizer que estes estudos eram de maior importância do que qualquer problema acontecido com a viagem. Que horror!

Outra passagem interessante é a que descreve a personalidade do boticário Crispim por suas próprias palavras. Ele confessa intimamente o quanto era bajulador, sem opinião própria, dizendo sim a tudo. Confessa, porque sente saudades da esposa, e se arrepende de ter deixado que ela viajasse com Evarista. Considerando que Evarista não quer voltar tão cedo, ele acabou punido com a saudade. Mas o irônico é que basta Simão mandar lhe chamar, para ele largar tudo, correr até o médico, e dizer amém para tudo, mais uma vez!

O narrador diz que "caso de matraca" é uma expressão que não tem equivalente no mundo moderno. A expressão pode não ter equivalente, mas a prática do que a matraca fazia é muito comum, na região do subúrbio do Rio de Janeiro, e até mesmo de outras cidades brasileiras. As pessoas colocam anúncios em carros de som e saem anunciando pelas ruas. Ou pequenos comerciantes com seus carrinhos usam megafones para anunciar seus produtos. Sem contar os próprios camelôs no centro da cidade que gritam para os clientes "Leve 2, pague 1"!

Será que sabemos mesmo delimitar onde começa e onde termina a loucura e a razão?

CAPÍTULO V

Uma palavrinha antes de começar a leitura...

Se tem medo de filme de terror, não leia este capítulo à noite! Brincadeira! É aterrorizante o que ele fez, mas não temos sangue nem violência. Só mesmo a violência moral, de tirar o direito de ir e vir das pessoas, a violência de julgar e condenar, sem direito à defesa.

Aproveite este capítulo e preste bastante atenção em como Machado de Assis descreve o comportamento das personagens, os interesses, as relações sociais. Como o desapego e até mesmo a ingenuidade de Costa são vistos como "loucura".

Vamos encarar esta batalha!

Glossário

Aleivosia = traição ou crime cometido com falsas demonstrações de amizade; deslealdade.
Aspérrimo = superlativo de áspero.
Assomava = aparecia, surgia.
Austero = que é inflexível, severo, rígido com os costumes.
Bradar = dizer aos gritos.
Cabedal = conjunto de bens e riquezas materiais (dinheiro) ou bens intelectuais e morais obtidos por meio da educação e da experiência (patrimônio).
Chalaça = piada de mau gosto.
Conviva = pessoa que participa de uma refeição, como convidada;
De chofre = de repente, subitamente.
Derrear = curvar, inclinar.
Desforra = reparação de um ultraje, vingança.
Emérito = que teve destaque na ciência, na arte ou na profissão, ou o que é de notório saber.
Escumar = espumar.
Expender = apresentar, expor de maneira detalhada.
Folgazão = brincalhão, mulherengo.
Grassar = alastrar-se.
Jocosa = irônica, engraçada.
Jucundo = alegre.
Labéu = desonra, mancha na honra de uma pessoa.
Levavam o chapéu ao chão = as pessoas se curvavam ao cumprimentá-lo, tirando o chapéu em sinal de reverência.
Lhano = gentil, sincero.
Louvaminhas = Bajulação, louvor excessivo.
Mentecapto = que perdeu o juízo, louco, maluco.
Obtemperou = comentou, argumentou.
Ode = poema lírico.
Pintalegrete = peralta.
Piparote = pancada leve com a ponta do dedo médio ou indicador.
Préstito = cortejo, procissão = grande número de pessoas caminhando juntas.
Pulhas = zombarias.
Pundonoroso = que demonstra brio, dignidade.
Repto = desafio.
Sorvo = pequeno gole, trago.
Taciturno = calado, melancólico.
Volúpia = grande prazer.

O TERROR

Quatro dias depois, a população de Itaguaí ouviu consternada a notícia de que um certo Costa fora recolhido à Casa Verde.
— Impossível!
— Qual impossível! foi recolhido hoje de manhã.
— Mas, na verdade, ele não merecia... Ainda em cima! depois de tanto que ele fez...

Costa era um dos cidadãos mais estimados de Itaguaí. Herdara quatrocentos mil cruzados em boa moeda de el-rei D. João V[1], dinheiro cuja renda bastava, segundo lhe declarou o tio no testamento, para viver "até o fim do mundo". Tão depressa recolheu a herança, como entrou a dividi-la em empréstimos, sem usura, mil cruzados a um, dois mil a outro, trezentos a este, oitocentos àquele, a tal ponto que, no fim de cinco anos, estava sem nada. Se a miséria viesse de chofre, o pasmo de Itaguaí seria enorme; mas veio devagar; ele foi passando da opulência à abastança, da abastança à mediania, da mediania à pobreza, da pobreza à miséria, gradualmente. Ao cabo daqueles cinco anos, pessoas que levavam o chapéu ao chão, logo que ele assomava no fim da rua, agora batiam-lhe no ombro, com intimidade, davam-lhe piparotes no nariz, diziam-lhe pulhas. E o Costa sempre lhano, risonho. Nem se lhe dava de ver que os menos corteses eram justamente os que tinham ainda a dívida em aberto; ao contrário, parece que os agasalhava com maior prazer, e mais sublime resignação. Um dia, como um desses incuráveis devedores lhe atirasse uma chalaça grossa, e ele se risse dela, observou um desafeiçoado, com certa perfídia: — "Você suporta esse sujeito para ver se ele lhe paga". Costa não se deteve um minuto, foi ao devedor e perdoou-lhe a dívida. — "Não admira, retorquiu o outro; o Costa abriu mão de uma estrela, que está no céu"[2]. Costa era perspicaz, entendeu que ele negava todo o merecimento ao ato, atribuindo-lhe a intenção de rejeitar o que não vinham meter-lhe na algibeira. Era também pundonoroso e inventivo; duas horas depois achou um meio de provar que lhe não cabia um tal labéu: pegou de algumas dobras[3], e mandou-as de empréstimo ao devedor.

> **1** D. João V foi rei de Portugal de 1706 a 1750. Entre as moedas da sua gestão, está o cruzado novo e o cruzadinho.
>
> **2** Veja a metáfora criada por Machado. Ele quis dizer que Costa abriu mão de algo impossível. Ele conseguiria receber aquela dívida tanto quanto pudesse ter uma estrela no céu.
>
> **3** Dobras aqui é cédula ou moeda chamada "dobra".

"Agora espero que..." pensou ele sem concluir a frase.

Esse último rasgo do Costa persuadiu a crédulos e incrédulos; ninguém mais pôs em dúvida os sentimentos cavalheirescos daquele digno cidadão. As necessidades mais acanhadas saíram à rua, vieram bater-lhe à porta, com os seus chinelos velhos, com as suas capas remendadas. Um verme, entretanto, roía a alma do Costa: era o conceito do desafeto. Mas isso mesmo acabou; três meses depois veio este pedir-lhe uns cento e vinte cruzados com promessa de restituir-lhos daí a dois dias; era o resíduo da grande herança, mas era também uma nobre desforra: Costa emprestou o dinheiro logo, logo, e sem juros. Infelizmente não teve tempo de ser pago; cinco meses depois era recolhido à Casa Verde.

Imagina-se a consternação de Itaguaí quando soube do caso. Não se falou em outra coisa, dizia-se que o Costa ensandecera, no almoço, outros que de madrugada; e contavam-se os acessos, que eram furiosos, sombrios, terríveis, — ou mansos, e até engraçados, conforme as versões. Muita gente correu à Casa Verde, e achou o pobre Costa, tranquilo, um pouco espantado, falando com muita clareza, e perguntando por que motivo o tinham levado para ali. Alguns foram ter com o alienista. Bacamarte aprovava esses sentimentos de estima e compaixão, mas acrescentava que a ciência era a ciência, e que ele não podia deixar na rua um mentecapto. A última pessoa que intercedeu por ele (porque depois do que vou contar ninguém mais se atreveu a procurar o terrível médico) foi uma pobre senhora, prima do Costa. O alienista disse-lhe confidencialmente que esse digno homem não estava no perfeito equilíbrio das faculdades mentais, à vista do modo como dissipara os cabedais[4] que...

— Isso, não! isso, não! interrompeu a boa senhora com energia. Se ele gastou tão depressa o que recebeu, a culpa não é dele.

— Não?

— Não, senhor. Eu lhe digo como o negócio se passou. O defunto meu tio não era mau homem; mas quando estava furioso era capaz de nem tirar o chapéu ao Santíssimo. Ora, um dia, pouco tempo antes de morrer, descobriu que um escravo lhe roubara um boi; imagine como ficou.

A cara era um pimentão; todo ele tremia, a boca escumava; lembra-me como se fosse hoje. Então um homem feio, cabeludo, em mangas de camisa, chegou-se a ele e pediu água. Meu tio (Deus lhe fale n'alma!) respondeu que fosse beber ao rio ou ao inferno. O homem olhou para ele, abriu a mão em ar de ameaça, e rogou esta praga: — "Todo o seu dinheiro não há de durar mais de sete anos e um dia, tão certo como isto ser o sino-salamão!"[5] E mostrou o sino-salamão impresso no braço. Foi isto, meu senhor; foi esta praga daquele maldito.

> **4** Cabedal é um conjunto de bens e riquezas materiais (dinheiro) ou bens intelectuais e morais obtidos por meio da educação e da experiência (patrimônio).
>
> Sino-Salamão (ou signo de Salomão), chamado no texto de Machado como "salamão", é a estrela de Davi, símbolo do judaísmo. **5**

Bacamarte espetara na pobre senhora um par de olhos agudos como punhais. Quando ela acabou, estendeu-lhe a mão polidamente, como se o fizesse à própria esposa do vice-rei e convidou-a a ir falar ao primo. A mísera acreditou; ele levou-a à Casa Verde e encerrou-a na galeria dos alucinados.

A notícia desta aleivosia do ilustre Bacamarte lançou o terror à alma da população. Ninguém queria acabar de crer, que, sem motivo, sem inimizade, o alienista trancasse na Casa Verde uma senhora perfeitamente ajuizada, que não tinha outro crime senão o de interceder por um infeliz. Comentava-se o caso nas esquinas, nos barbeiros; edificou-se um romance, umas finezas namoradas que o alienista outrora dirigira à prima do Costa, a indignação do Costa e o desprezo da prima. E daí a vingança. Era claro. Mas a austeridade do alienista, a vida de estudos que ele levava, pareciam desmentir uma tal hipótese. Histórias! Tudo isso era naturalmente a capa do velhaco[6]. E um dos mais crédulos chegou a murmurar que sabia de outras coisas, não as dizia, por não ter certeza plena, mas sabia, quase que podia jurar.

— Você, que é íntimo dele, não nos podia dizer o que há, o que houve, que motivo...

Crispim Soares derretia-se todo. Esse interrogar da gente inquieta e curiosa, dos amigos atônitos, era para ele uma consagração pública. Não havia duvidar; toda a povoação sabia enfim que o privado do alienista era ele, Crispim, o boticário, o colaborador do grande homem e das grandes coisas; daí a corrida à botica. Tudo isso dizia o carão jucundo e o riso discreto do boticário, o riso e o silêncio, porque ele não respondia nada; um, dois, três monossílabos, quando muito, soltos, secos, encapados no fiel sorriso constante e miúdo, cheio de mistérios científicos, que ele não podia, sem desdouro nem perigo[7], desvendar a nenhuma pessoa humana.

> **6** Tudo isso ser a "capa do velhaco" era como ser um manto protetor de seu caráter. Impossível a austeridade ser tanta que seria Simão um homem sem desejos de vingança, vaidades, ambições.
>
> Crispim Soares não podia revelar seus sentimentos, pois correria o risco de ficar desonrado ou correr mesmo algum perigo de ser internado. **7**

"Há coisa", pensavam os mais desconfiados.

Um desses limitou-se a pensá-lo, deu de ombros e foi embora. Tinha negócios pessoais. Acabava de construir uma casa suntuosa. Só a casa bastava para deter e chamar toda a gente; mas havia mais, — a mobília, que ele mandara vir da Hungria e da Holanda, segundo contava, e que se podia ver do lado de fora, porque as janelas viviam abertas, — e o jardim, que era uma obra-prima de arte e de gosto. Esse homem, que enriquecera no fabrico de albardas, tinha tido sempre o sonho de uma casa magnífica, jardim pomposo, mobília rara. Não deixou o negócio das albardas, mas repousava dele na contemplação da casa nova, a primeira de Itaguaí, mais grandiosa do que a Casa Verde, mais nobre do que a da Câmara. Entre a gente ilustre da povoação havia choro e ranger de dentes, quando se pensava, ou se falava, ou se louvava a casa do albardeiro, — um simples albardeiro, Deus do céu!

— Lá está ele embasbacado, diziam os transeuntes, de manhã.

De manhã, com efeito, era costume do Mateus estatelar-se, no meio do jardim, com os olhos na casa, namorado, durante uma longa hora, até que vinham chamá-lo para almoçar. Os vizinhos, embora o cumprimentassem com certo respeito, riam-se por trás dele, que era um gosto. Um desses chegou a dizer que o Mateus seria muito mais econômico, e estaria riquíssimo, se fabricasse as albardas para si mesmo; epigrama[8] ininteligível, mas que fazia rir às bandeiras despregadas.

> **8** Epigrama, na Grécia Antiga, era uma frase gravada em monumento. Na Literatura, composição poética breve, geralmente de fundo irônico.
> Veja que a inveja dos bens de Mateus levava os outros a fazerem chacota dele, tanto que a piada era que o rapaz ficaria riquíssimo se fabricasse as selas (albardas) para si mesmo. Ora, chamaram o pobre de animal, e sem motivo, tanto que o narrador nos diz que a piada não faz sentido, não dá para entender, mas fazia todos rirem.

— Agora lá está o Mateus a ser contemplado, diziam à tarde.

A razão deste outro dito era que, de tarde, quando as famílias saíam a passeio (jantavam cedo) usava o Mateus postar-se à janela, bem no centro, vistoso, sobre um fundo escuro, trajado de branco, atitude senhoril, e assim ficava duas e três horas até que anoitecia de todo. Pode crer-se que a intenção do Mateus era ser admirado e invejado, posto que ele não a confessasse a nenhuma pessoa, nem ao boticário, nem ao Padre Lopes, seus grandes amigos. E entretanto não foi outra a alegação do boticário, quando o alienista lhe disse que o albardeiro talvez padecesse do amor das pedras, mania que ele, Bacamarte, descobrira e estudava desde algum tempo. Aquilo de contemplar a casa...

— Não, senhor, acudiu vivamente Crispim Soares.

— Não?

— Há de perdoar-me, mas talvez não saiba que ele de manhã examina a obra, não a admira; de tarde, são os outros que o admiram a ele e à obra. — E contou o uso do albardeiro, todas as tardes, desde cedo até o cair da noite[9].

> **9** Que o Crispim bajule Simão é uma coisa, mas fazer intriga sobre os outros moradores, ainda mais sabendo que o médico ficava de olho em qualquer comportamento diferente. Vocês verão no parágrafo seguinte que Crispim "não percebe" a intenção do amigo, e se sente o máximo com a "honra" do convite que recebe.
> Olha, coitado dos moradores de Itaguaí, com esse boticário criando mais veneno do que remédio!

Uma volúpia científica alumiou os olhos de Simão Bacamarte. Ou ele não conhecia todos os costumes do albardeiro, ou nada mais quis, interrogando o Crispim, do que confirmar alguma notícia incerta ou suspeita vaga. A explicação satisfê-lo; mas como tinha as alegrias próprias de um sábio, concentradas, nada viu o boticário que fizesse suspeitar uma intenção sinistra. Ao contrário, era de tarde, e o alienista pediu-lhe o braço para irem a passeio. Deus! era a primeira vez que Simão Bacamarte dava ao seu privado tamanha honra; Crispim ficou trêmulo, atarantado, disse que sim, que estava pronto. Chegaram duas ou três pessoas de fora, Crispim mandou-as mentalmente a todos os diabos; não só atrasavam o passeio, como podia acontecer que Bacamarte elegesse alguma delas para acompanhá-lo, e o dispensasse a ele. Que impaciência! que aflição! Enfim, saíram. O alienista guiou para os lados da casa do albardeiro, viu-o à janela, passou cinco, seis vezes por diante, devagar, parando, examinando as atitudes, a expressão do rosto. O pobre Mateus apenas notou que era objeto da curiosidade ou admiração do primeiro vulto de Itaguaí, redobrou de expressão, deu outro relevo às atitudes... Triste! triste, não fez mais do que condenar-se; no dia seguinte, foi recolhido à Casa Verde.

— A Casa Verde é um cárcere privado, disse um médico em clínica.

Nunca uma opinião pegou e grassou tão rapidamente. Cárcere privado: eis o que se repetia de norte a sul e de leste a oeste de Itaguaí, — a medo, é verdade, porque durante a semana que se seguiu à captura do pobre Mateus, vinte e tantas pessoas, — duas ou três de consideração, — foram recolhidas à Casa Verde. O alienista dizia que só eram admitidos os casos patológicos, mas pouca gente lhe dava crédito. Sucediam-se as versões populares. Vingança, cobiça de dinheiro, castigo de Deus, monomania do próprio médico, plano secreto do Rio de Janeiro com o fim de destruir em Itaguaí qualquer gérmen de prosperidade que viesse a brotar, arvorecer, florir, com desdouro e míngua daquela cidade, mil outras explicações, que não explicavam nada, tal era o produto diário da imaginação pública[10].

10 Cárcere privado é algo muito sério! Vocês sabem do que se trata? No código penal de hoje em dia é crime, e se refere a tirar de alguém a sua liberdade, ou seja, prendê-la em algum lugar, impedindo sua saída. Infelizmente temos vários casos na nossa sociedade, de homens prendendo em cárcere mulheres e até filhos. Isso é uma monstruosidade.

Indicação de leitura: *O Quarto* de Emma Donoghue. É um livro de 2011 que trata do tema e é extremamente impactante, levando a grandes reflexões.

Então, o que você acha sobre o que Simão estava fazendo, encarcerando dezenas de pessoas?

Nisto chegou do Rio de Janeiro a esposa do alienista, a tia, a mulher do Crispim Soares, e toda a mais comitiva, — ou quase toda, — que algumas semanas antes partira de Itaguaí. O alienista foi recebê-la, com o boticário, o Padre Lopes, os vereadores e vários outros magistrados. O momento em que D. Evarista pôs os olhos na pessoa do marido é considerado pelos cronistas do tempo como um dos mais sublimes da história moral dos homens, e isto pelo contraste das duas naturezas, ambas extremas, ambas egrégias. D. Evarista soltou um grito, balbuciou uma palavra, e atirou-se ao consorte, de um gesto que não se pode melhor definir do que comparando-o a uma mistura de onça e rola. Não assim o ilustre Bacamarte; frio como um diagnóstico, sem desengonçar por um instante a rigidez científica, estendeu os braços à dona, que caiu neles, e desmaiou. Curto incidente; ao cabo de dois minutos, D. Evarista recebia os cumprimentos dos amigos, e o préstito punha-se em marcha.

D. Evarista era a esperança de Itaguaí; contava-se com ela para minorar o flagelo da Casa Verde. Daí as aclamações públicas, a imensa gente que atulhava as ruas, as flâmulas, as flores e damascos às janelas. Com o braço apoiado no do Padre Lopes, — porque o eminente Bacamarte confiara a mulher ao vigário, e acompanhava-os a passo meditativo, — D. Evarista voltava a cabeça a um lado e outro, curiosa, inquieta, petulante. O vigário indagava do Rio de Janeiro, que ele não vira desde o vice-reinado anterior; e D. Evarista respondia, entusiasmada, que era a coisa mais bela que podia haver no mundo. O Passeio Público estava acabado, um paraíso, onde ela fora muitas vezes, e a Rua das Belas Noites, o chafariz das Marrecas... Ah! o chafariz das Marrecas! Eram mesmo marrecas, — feitas de metal e despejando água pela boca fora. Uma coisa galantíssima. O vigário dizia que sim, que o Rio de Janeiro devia estar agora muito mais bonito. Se já o era noutro tempo! Não admira, maior do que Itaguaí, e, de mais a mais sede do governo... Mas não se pode dizer que Itaguaí fosse feio; tinha belas casas, a casa do Mateus, a Casa Verde...

— A propósito de Casa Verde, disse o Padre Lopes escorregando habilmente para o assunto da ocasião, a senhora vem achá-la muito cheia de gente.

— Sim?

— É verdade. Lá está o Mateus...

— O albardeiro?

— O albardeiro; está o Costa, a prima do Costa, e Fulano, e Sicrano, e...

— Tudo isso doido?

— Ou quase doido, obtemperou o padre.

— Mas então?

O vigário derreou os cantos da boca, à maneira de quem não sabe nada, ou não quer dizer tudo; resposta vaga, que se não pode repetir a outra pessoa, por falta de texto. D. Evarista achou realmente extraordinário que toda aquela gente ensandecesse; um ou outro, vá; mas todos? Entretanto, custava-lhe duvidar; o marido era um sábio, não recolheria ninguém à Casa Verde sem prova evidente de loucura.

— Sem dúvida... sem dúvida... ia pontuando o vigário.

Três horas depois, cerca de cinquenta convivas sentavam-se em volta da mesa de Simão Bacamarte; era o jantar das boas-vindas. D. Evarista foi o assunto obrigado dos brindes, discursos, versos de toda a casta, metáforas, amplificações, apólogos. Ela era a esposa do novo Hipócrates, a musa da ciência, anjo, divina, aurora, caridade, vida, consolação; trazia nos olhos duas estrelas, segundo a versão modesta de Crispim Soares, e dois sóis, no conceito de um vereador. O alienista ouvia essas coisas um tanto enfastiado, mas sem visível impaciência. Quando muito dizia ao ouvido da mulher, que a retórica permitia tais arrojos sem significação. D. Evarista fazia esforços para aderir a esta opinião do marido; mas, ainda descontando três quartas partes das louvaminhas, ficava muito com que enfunar-lhe a alma. Um dos oradores, por exemplo, Martim Brito, rapaz de vinte e cinco anos, pintalegrete acabado, curtido de namoros e aventuras, declamou um discurso em que o nascimento de D. Evarista era explicado pelo mais singular dos reptos. "Deus, disse ele, depois de dar ao universo o homem e a mulher, esse diamante e essa pérola da coroa divina (e o orador arrastava triunfalmente esta frase de uma ponta a outra da mesa) Deus quis vencer a Deus, e criou D. Evarista."

D. Evarista baixou os olhos com exemplar modéstia. Duas senhoras, achando a cortesanice excessiva e audaciosa, interrogaram os olhos do dono da casa; e, na verdade, o gesto do alienista pareceu-lhes nublado de suspeitas, de ameaças, e, provavelmente, de sangue. O atrevimento foi grande, pensaram as duas damas. E uma e outra pediam a Deus que removesse qualquer episódio trágico, — ou que o adiasse, ao menos, para o dia seguinte. Sim, que o adiasse. Uma delas, a mais piedosa, chegou a admitir, consigo mesma, que D. Evarista não merecia nenhuma desconfiança, tão longe estava de ser atraente ou bonita. Uma simples água-morna. Verdade é que, se todos os gostos fossem iguais, o que seria do amarelo? Esta ideia fê-la tremer outra vez, embora menos; menos, porque o alienista sorria agora para o Martim Brito, e, levantados todos, foi ter com ele e falou-lhe do discurso. Não lhe negou que era um improviso brilhante, cheio de rasgos magníficos. Seria dele mesmo a ideia relativa ao nascimento de D. Evarista, ou tê-la-ia encontrado em algum autor que?... Não senhor; era dele mesmo; achou-a naquela ocasião e parecera-lhe adequada a um arroubo oratório. De resto, suas ideias eram antes arrojadas do que ternas ou jocosas. Dava para o épico. Uma vez, por exemplo, compôs uma ode à queda do Marquês de Pombal, em que dizia que esse ministro era o "dragão aspérrimo do Nada", esmagado pelas "garras vingadoras do Todo"; e assim outras, mais ou menos fora do comum; gostava das ideias sublimes e raras, das imagens grandes e nobres...

"Pobre moço!", pensou o alienista. E continuou consigo: "Trata-se de um caso de lesão cerebral; fenômeno sem gravidade, mas digno de estudo...".

D. Evarista ficou estupefata quando soube, três dias depois, que o Martim Brito fora alojado na Casa Verde. Um moço que tinha ideias tão bonitas! As duas senhoras atribuíram o ato a ciúmes do alienista. Não podia ser outra coisa; realmente, a declaração do moço fora audaciosa demais.

Ciúmes? Mas como explicar que, logo em seguida, fossem recolhidos José Borges do Couto Leme, pessoa estimável, o Chico das Cambraias, folgazão emérito, o escrivão Fabrício, e ainda outros? O terror acentuou-se. Não se sabia já quem estava são, nem quem estava doido. As mulheres, quando os maridos saíam, mandavam acender uma lamparina a Nossa Senhora; e nem todos os maridos eram valorosos, alguns não andavam fora sem um ou dois capangas. Positivamente o terror. Quem podia, emigrava. Um desses fugitivos chegou a ser preso a duzentos passos da vila. Era um rapaz de trinta anos, amável, conversado, polido, tão polido que não cumprimentava alguém sem levar o chapéu ao chão; na rua, acontecia-lhe correr uma distância de dez a vinte braças para ir apertar a mão a um homem grave, a uma senhora, às vezes a um menino, como acontecera ao filho do juiz de fora. Tinha a vocação das cortesias. De resto, devia as boas relações da sociedade, não só aos dotes pessoais, que eram raros, como à nobre tenacidade com que nunca desanimava diante de uma, duas, quatro, seis recusas, caras feias etc. O que acontecia era que, uma vez entrado numa casa, não a deixava mais, nem os da casa o deixavam a ele, tão gracioso era o Gil Bernardes. Pois o Gil Bernardes, apesar de se saber estimado, teve medo quando lhe disseram um dia que o alienista o trazia de olho; na madrugada seguinte fugiu da vila, mas foi logo apanhado e conduzido à Casa Verde.

— Devemos acabar com isto!
— Não pode continuar!
— Abaixo a tirania!
— Déspota! violento! Golias!

Não eram gritos na rua, eram suspiros em casa, mas não tardava a hora dos gritos. O terror crescia; avizinhava-se a rebelião. A ideia de uma petição ao governo para que Simão Bacamarte fosse capturado e deportado andou por algumas cabeças, antes que o barbeiro Porfírio a expendesse na loja, com grandes gestos de indignação. Note-se, — e essa é uma das laudas mais puras desta sombria história, — note-se que o Porfírio, desde que a Casa Verde começava a povoar-se tão extraordinariamente, viu crescerem-lhe os lucros pela aplicação assídua de sanguessugas[11] que dali lhe pediam; mas o interesse particular, dizia ele, deve ceder ao interesse público. E acrescentava: — é preciso derrubar o tirano! Note-se mais que ele soltou esse grito justamente no dia em que Simão Bacamarte fizera recolher à Casa Verde um homem que trazia com ele uma demanda, o Coelho.

— Não me dirão em que é que o Coelho é doido? bradou o Porfírio.

E ninguém lhe respondia; todos repetiam que era um homem perfeitamente ajuizado. A mesma demanda que ele trazia com o barbeiro, acerca de uns chãos da vila, era filha da obscuridade de um alvará, e não da cobiça ou ódio. Um excelente caráter o Coelho. Os únicos desafeiçoados que tinha eram alguns sujeitos que, dizendo-se taciturnos, ou alegando andar com pressa, mal o viam de longe dobravam as esquinas, entravam nas lojas etc. Na verdade, ele amava a boa palestra, a palestra comprida, gostada a sorvos largos, e assim é que nunca estava só, preferindo os que sabiam dizer duas palavras, mas não desdenhando os outros. O Padre Lopes, que cultivava o Dante, e era inimigo do Coelho, nunca o via desligar-se de uma pessoa que não declamasse e emendasse este trecho:

La bocca sollevò dal fero pasto
Quel "seccatore"[12]...

mas uns sabiam do ódio do padre, e outros pensavam que isto era uma oração em latim.

---

11 Naquela época, as sanguessugas eram usadas para tratamento médico. Ao morder a pessoa, a sanguessuga consome proteínas que ajudam na coagulação, ou seja, agem como anticoagulantes. Sem coagulação, a pessoa sangra sem parar. Estando ela com um coágulo, faz com que o sangue circule e o dissolva. Ou se a pessoa tem um ferimento, faz com que o sangue passe pela ferida ajudando a cicatrizá-la.

O Padre Lopes usa uma passagem da obra *Divina Comédia*, trocando peccator (pecador) por seccatore (chato). Na obra de Dante, o conde Ugolino é condenado a roer eternamente a nuca (fero pasto) do arcebispo Ruggieri. Na adaptação, Coelho é igualado ao personagem, como se grudasse eternamente nas pessoas, com suas longas conversas. **12**

Uma conversinha sobre o 5º capítulo:

Gente, como assim o Costa perde toda a herança? Isso não é papo do século XIX. Isso é papo muito atual! A verdade é que muitas pessoas não conseguem administrar o seu dinheiro e muitas vezes perdem o que conquistaram. Ou recebem uma boa grana e não sabem transformar este dinheiro em algo produtivo. Diz o ditado que "o que vem fácil, vai fácil". É mais ou menos por aí. Já ouviram falar de ganhadores da loteria que perderam tudo? Pois é! Tema atualíssimo! Mas não dá para associar isso à loucura. Pode até associar a alguma patologia psicológica, mas daí a chamar o pobre de doido...

E vocês viram o que Simão fez com a tia do Costa? Que absurdo, minha gente! A mulher só foi defender o sobrinho. Contou a história do jeito que chegou para ela. Se era fantasiosa, como saber? E olha o perigo, trancarem todos os escritores como loucos, porque fantasiam dia e noite. Socorro! Vou ali e já volto! Fui!

Tá, já voltei! Não podia deixar vocês sozinhos com esses loucos, não é? Idem o Crispim. Nossa, como o boticário era fiel ao amigo! Será que seria assim tão fiel se o cara fosse um zé-ninguém?

Esse medo que assolou a cidade é bem conhecido hoje em dia. Quantas pessoas acabam sabendo de falcatruas e temem denunciar e acabar envolvidas também, ou pior, sofrendo represálias. É, a justiça é complicada!

Ah, gente, e o tadinho do Mateus. O homem só estava apaixonado pela casa! Quem nunca? Eu me apaixono pelos meus livros! Se deixar, fico ali admirando os personagens, a história, o comentário dos leitores... Ah!

Você percebeu como Machado, por meio do narrador, conversa conosco, o seu leitor? É fantástico! Veja a frase "e essa é uma das laudas mais puras desta sombria história". Você consegue identificar outras na narrativa?

Peço que você preste bastante atenção em um novo personagem que surge na história. Sabe o que é antagonista? É aquele personagem que representa a oposição ao protagonista. Aqui temos Simão Bacamarte como o protagonista e Porfírio como o seu antagonista. Pois é, começa uma virada na história. Alguém resolve questionar as ações do médico. Quero que percebam também como Machado manipula a narrativa, mostrando a isenção do barbeiro em suas críticas, visto que o médico tinha feito algo que o agradava no interesse particular, que foi encarcerar o Coelho, com quem Porfírio tinha uma rixa a respeito de posse de terras (chãos da vila). Aliás, nas palavras do barbeiro ele se mostra muito altruísta, ao dizer que "o interesse particular deve ceder ao interesse público". É uma ideia moralmente importante, mas nem tudo na narrativa de Machado é exatamente o que parece ser, ou que ele narrou parecendo ser. Fiquem com isso em mente, para os próximos capítulos. Em tempo, já viram o absurdo de um padre que sente ódio? Como eu digo, prestem atenção como Machado mostra a personalidade de seus personagens, sem dizer diretamente nem um adjetivo a respeito.

CAPÍTULO VI

Uma palavrinha antes de começar a leitura...

Você já sentiu vontade de protestar sobre alguma coisa? Se sim ou se não já deve ter visto muitas manifestações na televisão, não é? Manifestar-se, reclamar, tudo é justo e é um direito. O direito se transforma em erro quando as pessoas extrapolam o que é certo. É certo jogar bombas? É certo quebrar vidraças de estabelecimentos comerciais ou instituições bancárias? É certo machucar as pessoas que pensam diferente de você?

Aderir a uma causa precisa sempre ser feita com cuidadosa avaliação. É o mesmo que acontece com as *Fake News* atualmente. Não podemos acreditar em tudo que é dito, é repassado. Precisamos aprender por conta própria, aprender a pesquisar, a investigar, e criar nossa própria opinião. Percebam como Porfírio inflama os moradores de Itaguaí, como associa os atos de Bacamarte a ganância, porque recebia das famílias e da Câmara... Será que ele estava com a razão?

Vamos ver do que se trata essa rebelião que o título anuncia!

Glossário

Alcunha = apelido com valor depreciativo.
Aventar = apresentar.
Corpo de dragões = corpo de soldados.
Degredo = expulsão para outras terras.
Derredor = em volta, ao redor.
Despojada = esvaziada.
Entestar = enfrentar.
Escrutar = sondar, tentar descobrir informações ocultas.
Forcejar = lutar.
Fremente = arrebatado, cheio de emoção.
Mandando carregar sobre os canjicas = mandando avançar sobre os canjicas.
Obstar = impedir ou opor-se.
Sequazes = partidários, que acompanham ou seguem alguém.
Síncope = desmaio, chilique.
Turba = multidão.
Urgir = ter urgência.
Veio dar-lhe uma de suas crias = veio avisar-lhe um de seus jovens escravos.

A REBELIÃO

Cerca de trinta pessoas ligaram-se ao barbeiro, redigiram e levaram uma representação à Câmara. A Câmara recusou aceitá-la, declarando que a Casa Verde era uma instituição pública, e que a ciência não podia ser emendada por votação administrativa, menos ainda por movimentos de rua.

— Voltai ao trabalho, concluiu o presidente, é o conselho que vos damos.

A irritação dos agitadores foi enorme. O barbeiro declarou que iam dali levantar a bandeira da rebelião, e destruir a Casa Verde; que Itaguaí não podia continuar a servir de cadáver aos estudos e experiências de um déspota; que muitas pessoas estimáveis, algumas distintas, outras humildes, mas dignas de apreço, jaziam nos cubículos da Casa Verde; que o despotismo científico do alienista complicava-se do espírito de ganância, visto que os loucos, ou supostos tais, não eram tratados de graça: as famílias, e em falta delas a Câmara, pagavam ao alienista...

— É falso, interrompeu o presidente.

— Falso?

— Há cerca de duas semanas recebemos um ofício do ilustre médico, em que nos declara que, tratando de fazer experiências de alto valor psicológico, desiste do estipêndio votado pela Câmara, bem como nada receberá das famílias dos enfermos.

A notícia deste ato tão nobre, tão puro, suspendeu um pouco a alma dos rebeldes. Seguramente o alienista podia estar em erro, mas nenhum interesse alheio à ciência o instigava; e para demonstrar o erro era preciso alguma coisa mais do que arruaças e clamores. Isto disse o presidente, com aplauso de toda a Câmara. O barbeiro, depois de alguns instantes de concentração, declarou que estava investido de um mandato público, e não restituiria a paz a Itaguaí antes de ver por terra a Casa Verde, — "essa Bastilha[1] da razão humana", — expressão que ouvira a um poeta local, e que ele repetiu com muita ênfase. Disse, e a um sinal todos saíram com ele.

> **1** A Bastilha era uma fortaleza medieval utilizada como prisão na França. Em 14 de julho de 1789 aconteceu a Queda da Bastilha ou Tomada da Bastilha, como um dos eventos da Revolução Francesa. Mesmo tendo apenas sete prisioneiros, o movimento tornou-se símbolo da revolução. Após a Queda da Bastilha foi criada a Declaração dos Direitos do Homem e do Cidadão.
>
> A Bastilha era o cárcere usado para prender quem era contrário à Coroa Francesa. E a queda dessa prisão simbolizou o apoio da população e sua revolta contra o poder absolutista do reino. Machado faz esse paralelo, como se o poder absolutista francês fosse equiparado ao poder de Bacamarte. E que a Casa Verde funcionava como a prisão da Bastilha, encarcerando todos que fossem contrários ao médico, com a desculpa de serem loucos, com base em alguma patologia declarada por Simão. Desta forma, antes, a população de Itaguaí tinha medo de confrontar o alienista, e acabar "diagnosticada" com algum tipo de loucura. Na França, o povo também tinha esse receio de acabar preso na Bastilha.
>
> Mas não precisamos ir longe para testemunhar essa Bastilha da razão humana. Quantas pessoas são deletadas, bloqueadas, afastadas porque apresentam opiniões divergentes? As redes sociais têm virado um grande palco de rebeliões.

Imagine-se a situação dos vereadores; urgia obstar ao ajuntamento, à rebelião, à luta, ao sangue. Para acrescentar ao mal, um dos vereadores, que apoiara o presidente, ouvindo agora a denominação dada pelo barbeiro à Casa Verde — "Bastilha da razão humana", — achou-a tão elegante, que mudou de parecer. Disse que entendia de bom aviso decretar alguma medida que reduzisse a Casa Verde; e porque o presidente, indignado, manifestasse em termos enérgicos o seu pasmo, o vereador fez esta reflexão:

— Nada tenho que ver com a ciência; mas se tantos homens em quem supomos juízo são reclusos por dementes, quem nos afirma que o alienado não é o alienista?

Sebastião Freitas, o vereador dissidente, tinha o dom da palavra, e falou ainda por algum tempo com prudência, mas com firmeza. Os colegas estavam atônitos; o presidente pediu-lhe que, ao menos, desse o exemplo da ordem e do respeito à lei, não aventasse as suas ideias na rua, para não dar corpo e alma à rebelião, que era por ora um turbilhão de átomos dispersos. Esta figura corrigiu um pouco o efeito da outra: Sebastião Freitas prometeu suspender qualquer ação, reservando-se o direito de pedir pelos meios legais a redução da Casa Verde. E repetia consigo, namorado: — "Bastilha da razão humana![2]".

2 Já ouviram falar sobre "oratória"? Oratória é a arte de falar, e falar bem, em público. Os políticos costumam ter excelente oratória; professores e palestrantes também. Um bom orador não só fala bem como convence com suas palavras. A palavra tem muita força, e usada da forma correta gera muito poder. Por este motivo, temos sempre que buscar discursos legítimos, pesquisar e garantir a credibilidade do que é dito, antes de darmos nossa concordância. Isso pode acontecer com políticos, colegas, qualquer um.
Vejam a ironia de Machado em mostrar que um vereador, Sebastião Freitas, que antes havia apoiado Bacamarte, diante do discurso envolvente de Porfírio, mudou de lado e de discurso, já usando de seu poder para se declarar contra a Casa Verde.

Entretanto, a arruaça crescia. Já não eram trinta, mas trezentas pessoas que acompanhavam o barbeiro, cuja alcunha familiar deve ser mencionada, porque ela deu o nome à revolta; chamavam-lhe o Canjica, — e o movimento ficou célebre com o nome de revolta dos Canjicas. A ação podia ser restrita, — visto que muita gente, ou por medo, ou por hábitos de educação, não descia à rua; mas o sentimento era unânime, ou quase unânime, e os trezentos que caminhavam para a Casa Verde, — dada a diferença de Paris a Itaguaí, — podiam ser comparados aos que tomaram a Bastilha.

D. Evarista teve notícia da rebelião antes que ela chegasse; veio dar-lha uma de suas crias. Ela provava nessa ocasião um vestido de seda, — um dos trinta e sete que trouxera do Rio de Janeiro, — e não quis crer.

— Há de ser alguma patuscada[3], dizia ela mudando a posição de um alfinete. Benedita, vê se a barra está boa.

— Está, sinhá, respondia a mucama de cócoras no chão, está boa. Sinhá vira um bocadinho. Assim. Está muito boa[4].

3 Farra = festa com muito barulho e muito animada. Sabia que tem uma editora que criou uma livraria-bar com este nome?

4 Prestem atenção como Machado cria esses diálogos de Evarista. Primeiro, o comentário que ela provava um dos trinta e sete vestidos que trouxera do Rio de Janeiro. Trinta e sete?! Ela vai dando sua opinião sobre a rebelião, mas sua atenção está completamente voltada para a costura. Ela diz "deve ser uma patuscada", enquanto ajeita um alfinete, ao mesmo tempo que avisa à mucama para verificar se a barra estava boa. Em seguida, o moleque de recados avisa que querem a morte do médico, e ela manda o menino calar a boca, como se estivesse propagando mentiras, e emenda em nova ordem à mucama, quase como se proibisse o menino de trazer uma notícia grave que a obrigasse a largar os afazeres da beleza.

— Não é patuscada, não senhora; eles estão gritando: — Morra o Dr. Bacamarte! o tirano! dizia o moleque assustado.

— Cala a boca, tolo! Benedita, olha aí do lado esquerdo; não parece que a costura está um pouco enviesada? A risca azul não segue até abaixo; está muito feio assim; é preciso descoser para ficar igualzinho e...

— Morra o Dr. Bacamarte! morra o tirano! uivaram fora trezentas vozes. Era a rebelião que desembocava na Rua Nova.

D. Evarista ficou sem pinga de sangue. No primeiro instante não deu um passo, não fez um gesto; o terror petrificou-a. A mucama correu instintivamente para a porta do fundo. Quanto ao moleque, a quem D. Evarista não dera crédito, teve um instante de triunfo, um certo movimento súbito, imperceptível, entranhado, de satisfação moral, ao ver que a realidade vinha jurar por ele.

— Morra o alienista! bradavam as vozes mais perto.

D. Evarista, se não resistia facilmente às comoções de prazer, sabia entestar com os momentos de perigo. Não desmaiou[5]; correu à sala interior onde o marido estudava. Quando ela ali entrou, precipitada, o ilustre médico escrutava um texto de Averróis[6]; os olhos dele, empanados pela cogitação, subiam do livro ao teto e baixavam do teto ao livro, cegos para a realidade exterior, videntes para os profundos trabalhos mentais. D. Evarista chamou pelo marido duas vezes, sem que ele lhe desse atenção; à terceira, ouviu e perguntou-lhe o que tinha, se estava doente.

---

5 Reparem a insinuação do narrador. Não só insinuação como afirmação. Ele diz que Evarista não conseguia resistir às emoções de tudo que lhe dava prazer. Mas, em contrapartida, diante de momentos de perigo, sabia enfrentá-los. Diante desses perigos, não fraquejava, com desmaios, e sim se fortalecia com ações.

6 Filósofo e escritor do século XII, cuja obra abordava várias assuntos, entre eles, medicina, física, astronomia e direito.

— Você não ouve estes gritos? perguntou a digna esposa em lágrimas.

O alienista atendeu então; os gritos aproximavam-se, terríveis, ameaçadores; ele compreendeu tudo. Levantou-se da cadeira de espaldar em que estava sentado, fechou o livro, e, a passo firme e tranquilo, foi depositá-lo na estante. Como a introdução do volume desconcertasse um pouco a linha dos dois tomos contíguos[7], Simão Bacamarte cuidou de corrigir esse defeito mínimo, e, aliás, interessante. Depois disse à mulher que se recolhesse, que não fizesse nada.

> **7** Veja a ironia de Machado. Uma das doenças mentais conhecidas hoje é o TOC (Transtorno obsessivo compulsivo), que pode se manifestar de formas diferentes. E uma delas é exatamente a preocupação com a arrumação, alinhamento. Quem aí não viu algum filme cujo personagem alinha os objetos em cima da mesa?

— Não, não, implorava a digna senhora, quero morrer ao lado de você...

Simão Bacamarte teimou que não, que não era caso de morte; e ainda que o fosse, intimava-lhe em nome da vida que ficasse. A infeliz dama curvou a cabeça, obediente e chorosa.

— Abaixo a Casa Verde! bradavam os Canjicas.

O alienista caminhou para a varanda da frente, e chegou ali no momento em que a rebelião também chegava e parava, defronte, com as suas trezentas cabeças rutilantes de civismo e sombrias de desespero. — Morra! morra! bradaram de todos os lados, apenas o vulto do alienista assomou na varanda. Simão Bacamarte fez um sinal pedindo para falar; os revoltosos cobriram-lhe a voz com brados de indignação. Então, o barbeiro, agitando o chapéu, a fim de impor silêncio à turba, conseguiu aquietar os amigos, e declarou ao alienista que podia falar, mas acrescentou que não abusasse da paciência do povo como fizera até então.

— Direi pouco, ou até não direi nada, se for preciso. Desejo saber primeiro o que pedis.

— Não pedimos nada, replicou fremente o barbeiro; ordenamos que a Casa Verde seja demolida, ou pelo menos despojada dos infelizes que lá estão.

— Não entendo.

— Entendeis bem, tirano; queremos dar liberdade às vítimas do vosso ódio, capricho, ganância...

O alienista sorriu, mas o sorriso desse grande homem não era coisa visível aos olhos da multidão; era uma contração leve de dois ou três músculos, nada mais. Sorriu e respondeu:

— Meus senhores, a ciência é coisa séria, e merece ser tratada com seriedade. Não dou razão dos meus atos de alienista a ninguém, salvo aos mestres e a Deus. Se quereis emendar a administração da Casa Verde, estou pronto a ouvir-vos; mas se exigis que me negue a mim mesmo, não ganhareis nada. Poderia convidar alguns de vós, em comissão dos outros, a vir ver comigo os loucos reclusos; mas não o faço, porque seria dar-vos razão do meu sistema, o que não farei a leigos, nem a rebeldes.

Disse isto o alienista, e a multidão ficou atônita; era claro que não esperava tanta energia e menos ainda tamanha serenidade. Mas o assombro cresceu de ponto quando o alienista, cortejando a multidão com muita gravidade, deu-lhe as costas e retirou-se lentamente para dentro. O barbeiro tornou logo a si, e, agitando o chapéu, convidou os amigos à demolição da Casa Verde; poucas vozes e frouxas lhe responderam. Foi nesse momento decisivo que o barbeiro sentiu despontar em si a ambição do governo; pareceu-lhe então que, demolindo a Casa Verde, e derrocando a influência do alienista, chegaria a apoderar-se da Câmara, dominar as demais autoridades e constituir-se senhor de Itaguaí. Desde alguns anos que ele forcejava por ver o seu nome incluído nos pelouros[8] para o sorteio dos vereadores, mas era recusado por não ter uma posição compatível com tão grande cargo. A ocasião era agora ou nunca. Demais fora tão longe na arruaça, que a derrota seria a prisão, ou talvez a forca, ou o degredo. Infelizmente, a resposta do alienista diminuíra o furor dos sequazes. O barbeiro, logo que o percebeu, sentiu um impulso de indignação, e quis bradar-lhes: — Canalhas! covardes! — mas conteve-se, e rompeu deste modo:

— Meus amigos, lutemos até o fim! A salvação de Itaguaí está nas vossas mãos dignas e heroicas. Destruamos o cárcere de vossos filhos e pais, de vossas mães e irmãs, de vossos parentes e amigos, e de vós mesmos. Ou morrereis a pão e água, talvez a chicote, na masmorra daquele indigno.

A multidão agitou-se, murmurou, bradou, ameaçou, congregou-se toda em derredor do barbeiro. Era a revolta que tornava a si da ligeira síncope, e ameaçava arrasar a Casa Verde.

— Vamos! bradou Porfírio agitando o chapéu.
— Vamos! repetiram todos.

Deteve-os um incidente: era um corpo de dragões[9] que, a marche-marche, entrava na Rua Nova.

---

[8] Pelouros são cada uma das comissões em que se divide o poder legislativo em Portugal.

Vejam como as intenções de Porfírio rapidamente mudaram. Com o discurso de Bacamarte que, além de sereno, frisava que aqueles que gritavam não tinham conhecimento para julgar suas práticas, porque eram considerados leigos, ou seja, precisariam primeiro estudar a Medicina, para contestá-lo. Isso aplaca um pouco os ânimos do povo, e poucos se mantém ao lado do barbeiro. E é então que a cobiça fala mais alto. Não só a cobiça como o desejo antigo de poder. Na sua interpretação, se conseguisse derrubar a Casa Verde, poderia assumir grande poder na Câmara dos Vereadores.

[9] Soldados que se deslocavam a cavalo e acompanhavam o imperador.

Uma conversinha sobre o 6º capítulo:

Fazer uma representação? Já fez alguma? Tipo uma carta reclamando algo para alguém? Um abaixo-assinado? Abrir um processo? Sabia que tem várias formas de reclamar seus direitos? São formas lícitas, de direito garantido.

Mas sabe o que é perigoso? Lideranças com dupla intenção. Lideranças descompromissadas, ou, melhor dizendo, compromissadas com um tema importante são ótimas, mas quando o bichinho do poder dá aquela mordida, logo se veem ocupando um cargo importante. Foi o que aconteceu com o Porfírio. E o resultado? Basta olhar os jornais para sabermos quais são.

Este capítulo merece ser lido e relido. Merece ser analisado como se analisássemos o discurso de um político, uma notícia de jornal. Quais são os argumentos de Porfírio? O que eles reclamam? Que meios utilizam? Incitam violência ou diálogo? Quais os contra-argumentos de Bacamarte?

CAPÍTULO VII

Uma palavrinha antes de começar a leitura...

Devíamos cobrar mais nossos direitos, mas fazer isto pela garantia da justiça, não por interesses pouco nobres. Não quero dar *spoiler* da história, mas vamos nos surpreender.

Leiam com atenção o próximo capítulo. Continuem avaliando as intenções dos personagens principais, as reações dos políticos, da população. É um grande exercício de cidadania para os tempos atuais.

Glossário

Alcunha = apelido com valor depreciativo.
Aventar = apresentar.
Corpo de dragões = corpo de soldados.
Degredo = expulsão para outras terras.
Derredor = em volta, ao redor.
Despojada = esvaziada.
Entestar = enfrentar.
Escrutar = sondar, tentar descobrir informações ocultas.
Forcejar = lutar.
Fremente = arrebatado, cheio de emoção.
Mandando carregar sobre os canjicas = mandando avançar sobre os canjicas.
Obstar = impedir ou opor-se.
Repto = provocação, desafio.

A REBELIÃO

Chegados os dragões em frente aos Canjicas, houve um instante de estupefação: os Canjicas não queriam crer que a força pública fosse mandada contra eles; mas o barbeiro compreendeu tudo e esperou. Os dragões pararam, o capitão intimou a multidão que se dispersasse; mas, conquanto uma parte dela estivesse inclinada a isso, a outra parte apoiou fortemente o barbeiro, cuja resposta consistiu nestes termos alevantados:

— Não nos dispersaremos. Se quereis os nossos cadáveres, podeis tomá-los; mas só os cadáveres; não levareis a nossa honra, o nosso crédito, os nossos direitos, e com eles a salvação de Itaguaí.

Nada mais imprudente do que essa resposta do barbeiro; e nada mais natural. Era a vertigem das grandes crises. Talvez fosse também um excesso de confiança na abstenção das armas por parte dos dragões; confiança que o capitão dissipou logo, mandando carregar sobre os Canjicas. O momento foi indescritível. A multidão urrou furiosa; alguns, trepando às janelas das casas, ou correndo pela rua fora, conseguiram escapar; mas a maioria ficou, bufando de cólera, indignada, animada pela exortação do barbeiro. A derrota dos Canjicas estava iminente, quando um terço dos dragões, — qualquer que fosse o motivo, as crônicas não o declaram, — passou subitamente para o lado da rebelião. Este inesperado reforço deu alma aos Canjicas, ao mesmo tempo que lançou o desânimo às fileiras da legalidade. Os soldados fiéis não tiveram coragem de atacar os seus próprios camaradas, e, um a um, foram passando para eles, de modo que ao cabo de alguns minutos, o aspecto das coisas era totalmente outro. O capitão estava de um lado, com alguma gente, contra uma massa compacta que o ameaçava de morte. Não teve remédio, declarou-se vencido e entregou a espada ao barbeiro.

A revolução triunfante não perdeu um só minuto; recolheu os feridos às casas próximas, e guiou para a Câmara. Povo e tropa fraternizavam, davam vivas a el-rei, ao vice-rei, a Itaguaí, ao "ilustre Porfírio". Este ia na frente, empunhando tão destramente a espada, como se ela fosse apenas uma navalha um pouco mais comprida. A vitória cingia-lhe a fronte de um nimbo misterioso. A dignidade de governo começava a enrijar-lhe os quadris.

Os vereadores, às janelas, vendo a multidão e a tropa, cuidaram que a tropa capturara a multidão, e sem mais exame, entraram e votaram uma petição ao vice-rei para que mandasse dar um mês de soldo aos dragões, "cujo denodo salvou Itaguaí do abismo a que o tinha lançado uma cáfila de rebeldes". Esta frase foi proposta por Sebastião Freitas, o vereador dissidente, cuja defesa dos Canjicas tanto escandalizara os colegas[1]. Mas bem depressa a ilusão se desfez. Os vivas ao barbeiro, os morras aos vereadores e ao alienista vieram dar-lhes notícia da triste realidade. O presidente não desanimou: — qualquer que seja a nossa sorte, disse ele, lembremo-nos que estamos ao serviço de Sua Majestade e do povo. — Sebastião Freitas insinuou que melhor se poderia servir à coroa e à vila saindo pelos fundos e indo conferenciar com o juiz de fora, mas toda a Câmara rejeitou esse alvitre.

> **1** A ironia com a atitude dos vereadores é surpreendente. Só de verem os soldados com a multidão julgaram que tinham acabado com a rebelião, e já correram para votar um soldo (pagamento) extra para os soldados. E a maior ironia é que essa proposta foi feita exatamente pelo vereador, que antes apoiava Bacamarte, depois resolveu apoiar Porfírio, e agora, achando que este estava derrotado, se declarava contra ele de novo. Mas de todos esses absurdos, vocês acham correto que um requerimento seja votado sem que seja discutido, avaliado?
> Vamos continuar que tem mais absurdos nesse capítulo. Preste atenção na última proposta que Sebastião irá fazer.

Daí a nada o barbeiro, acompanhado de alguns de seus tenentes, entrava na sala da vereança, e intimava à Câmara a sua queda. A Câmara não resistiu, entregou-se, e foi dali para a cadeia. Então os amigos do barbeiro propuseram-lhe que assumisse o governo da vila, em nome de Sua Majestade. Porfírio aceitou o encargo, embora não desconhecesse (acrescentou) os espinhos que trazia; disse mais que não podia dispensar o concurso dos amigos presentes; ao que eles prontamente anuíram. O barbeiro veio à janela, e comunicou ao povo essas resoluções, que o povo ratificou, aclamando o barbeiro. Este tomou a denominação de — "Protetor da vila em nome de Sua Majestade e do povo". — Expediram-se logo várias ordens importantes, comunicações oficiais do novo governo, uma exposição minuciosa ao vice-rei, com muitos protestos de obediência às ordens de Sua Majestade; finalmente, uma proclamação ao povo, curta, mas enérgica:

ITAGUAIENSES!

Uma Câmara corrupta e violenta conspirava contra os interesses de Sua Majestade e do povo. A opinião pública tinha-a condenado; um punhado de cidadãos, fortemente apoiados pelos bravos dragões de Sua Majestade, acaba de a dissolver ignominiosamente, e por unâni-

me consenso da vila, foi-me confiado o mando supremo, até que Sua Majestade se sirva ordenar o que parecer melhor ao seu real serviço. Itaguaienses! não vos peço senão que me rodeeis de confiança, que me auxilieis em restaurar a paz e a fazenda pública[2], tão desbaratada pela Câmara que ora findou às vossas mãos. Contai com o meu sacrifício, e ficai certos de que a coroa será por nós.

O Protetor da vila em nome de Sua Majestade e do povo

Porfírio Caetano das Neves

2 Fazenda Pública refere-se a Pessoas Jurídicas de Direito Público, como é a União, o Estado, os Municípios, o Distrito Federal, entre outros.

Imaginem se fosse fácil assim tomar o poder? Leis e regras precisam ser seguidas para que não tenhamos o caos. Se não há regras a seguir, qualquer um pode criar suas próprias regras. Veja que se Bacamarte detinha o poder de encarcerar os supostos loucos, Porfírio conseguiu o poder em cima de intenções espúrias, ou seja, desonestas e falsas. Já ouviram falar na expressão "trocar seis por meia dúzia"? Pois é, se os vereadores da Câmara de Itaguaí eram corruptos, quem assumiu o poder no lugar não ficava atrás.

Toda a gente advertiu no absoluto silêncio desta proclamação acerca da Casa Verde; e, segundo uns, não podia haver mais vivo indício dos projetos tenebrosos do barbeiro. O perigo era tanto maior quanto que, no meio mesmo desses graves sucessos, o alienista metera na Casa Verde umas sete ou oito pessoas, entre elas duas senhoras, sendo um dos homens aparentado com o Protetor. Não era um repto, um ato intencional; mas todos o interpretaram dessa maneira, e a vila respirou com a esperança de que o alienista dentro de vinte e quatro horas estaria a ferros, e destruído o terrível cárcere.

O dia acabou alegremente. Enquanto o arauto da matraca ia recitando de esquina em esquina a proclamação, o povo espalhava-se nas ruas e jurava morrer em defesa do ilustre Porfírio. Poucos gritos contra a Casa Verde, prova de confiança na ação do governo. O barbeiro faz expedir um ato declarando feriado aquele dia, e entabulou negociações com o vigário para a celebração de um *Te Deum*[3], tão conveniente era aos olhos dele a conjunção do poder temporal com o espiritual; mas o Padre Lopes recusou abertamente o seu concurso.

— Em todo caso, Vossa Reverendíssima não se alistará entre os inimigos do governo? disse-lhe o barbeiro dando à fisionomia um aspecto tenebroso.

Ao que o Padre Lopes respondeu, sem responder:

— Como alistar-me, se o novo governo não tem inimigos?

O barbeiro sorriu; era a pura verdade. Salvo o capitão, os vereadores e os principais da vila, toda a gente o aclamava. Os mesmos principais, se o não aclamavam, não tinham saído contra ele. Nenhum dos almotacés[4] deixou de vir receber as suas ordens. No geral, as famílias abençoavam o nome daquele que ia enfim libertar Itaguaí da Casa Verde e do terrível Simão Bacamarte.

---

[3] Culto em ação de graças na religião católica.

[4] Funcionário que faz a pesagem e medição, para taxar ou fixar preços de gêneros alimentícios.

Ora a Câmara dos Vereadores vota um pagamento extra, ora o "novo" Governo expede um ato declarando feriado, e tentando que fosse feriado católico, para obter o apoio do Padre Lopes. O povo, não sei se ingênuo ou alienado, achava que o novo Governo corrigiria todos os desmandos do médico, e deixaram as decisões nas mãos do novo poderoso.
Em Política, muitas vezes acontece algo similar. Coloca-se sobre um novo político a esperança de resolver os erros do político antigo, e às vezes apenas trocam "seis por meia dúzia".

Uma conversinha sobre o 7º capítulo:

Gente, olhar o comportamento dos políticos de Itaguaí nos faz lembrar alguma coisa, não? Será mesmo que o Machado escreveu isso sobre o século XIX? Sei não, hein! Fico aqui pensando com meus botões, o quão rápido algumas pessoas se tornam líderes e ganham inúmeros seguidores, sem que efetivamente tenham feito nada de relevante para a sociedade?

Vejam que o texto clássico, escrito no século XIX, nada tem de antigo, absurdo. E as análises profundas que Machado faz das intenções dos personagens nos ajudam a construir mecanismos mentais, para avaliar as ações que podem mudar a sociedade.

CAPÍTULO VIII

Uma palavrinha antes de começar a leitura...

Minha gente, que reviravolta! O cidadão começa o capítulo liderando uma rebelião e termina como Governador da Vila! Isso é que é subida meteórica! O que será que vai acontecer agora? Será que ele destruirá a Casa Verde e libertará todos os loucos? E o que vai acontecer com Simão Bacamarte? O que você faria no lugar do Porfírio, com tanto poder nas mãos? E o Crispim, que era o único aliado de Simão?

Não à toa o título do capítulo são sobre as angústias do boticário, ou seja, de Crispim.

Vamos descobrir o que aconteceu...

Glossário

Másculo = relativo a homem, a ser macho.
Privança = amizade.
Sublevação = revolta, motim.
Vesicatório = uma aplicação médica (unguento) aplicada sobre a pele.

AS ANGÚSTIAS DO BOTICÁRIO

Vinte e quatro horas depois dos sucessos narrados no capítulo anterior, o barbeiro saiu do palácio do governo, — foi a denominação dada à casa da Câmara, — com dois ajudantes de ordens, e dirigiu-se à residência de Simão Bacamarte. Não ignorava ele que era mais decoroso ao governo mandá-lo chamar; o receio, porém, de que o alienista não obedecesse, obrigou-o a parecer tolerante e moderado.

Não descrevo o terror do boticário ao ouvir dizer que o barbeiro ia à casa do alienista. — "Vai prendê-lo", pensou ele. E redobraram-lhe as angústias. Com efeito, a tortura moral do boticário naqueles dias de revolução excede a toda a descrição possível. Nunca um homem se achou em mais apertado lance: — a privança do alienista chamava-o ao lado deste, a vitória do barbeiro atraía-o ao barbeiro. Já a simples notícia da sublevação tinha-lhe sacudido fortemente a alma, porque ele sabia a unanimidade do ódio ao alienista; mas a vitória final foi também o golpe final. A esposa, senhora máscula, amiga particular de D. Evarista, dizia que o lugar dele era ao lado de Simão Bacamarte[1]; ao passo que o coração lhe bradava que não, que a causa do alienista estava perdida, e que ninguém, por ato próprio, se amarra a um cadáver. "Fê-lo Catão, é verdade, *sed victa Catoni*[2], pensava ele, relembrando algumas palestras habituais do Padre Lopes; mas Catão não se atou a uma causa vencida, ele era a própria causa vencida, a causa da república; o seu ato, portanto, foi de egoísta, de um miserável egoísta; minha situação é outra."

Insistindo, porém, a mulher, não achou Crispim Soares outra saída em tal crise senão adoecer; declarou-se doente, e meteu-se na cama.

— Lá vai o Porfírio à casa do Dr. Bacamarte, disse-lhe a mulher no dia seguinte à cabeceira da cama; vai acompanhado de gente.

"Vai prendê-lo", pensou o boticário.

> **1** Este boticário é um bajulador da pior espécie. O narrador diz que a amizade do alienista o induzia a apoiá-lo, mas sabendo que era unânime que todos odiavam o médico, não tinha coragem de ficar ao seu lado. E com a vitória de Porfírio na Revolução dos Canjicas, o mais certo era ficar ao lado do barbeiro.
>
> É muito interessante o comentário do narrador, ao dizer que a esposa de Crispim era "senhora máscula", ou seja, muito mais corajosa e com mais honradez do que o marido. E em nome dessa honra não titubeava em dizer que o marido deveria continuar ao lado do amigo.
>
> Voltando ao Crispim, perceberam como foi covarde em se declarar doente, para não ter que dizer a quem apoiava? E quando percebeu que o alienista poderia ser preso, e que em seguida viriam atrás dele, rapidamente ficou "curado". É isso que o trecho "esta ideia foi o melhor dos vesicatórios", ou seja, foi o melhor dos remédios. Pobre da esposa achando que o marido tinha se levantado para defender o amigo!
>
> "Fê-lo Catão..." é uma locução latina que diz "mas Catão foi pelo vencido", que faz alusão de Lucano à fidelidade de Catão a Pompeio, que foi vencido por César = refere-se àqueles que não abandonam uma causa, mesmo que ela esteja perdida. **2**

Uma ideia traz outra; o boticário imaginou que, uma vez preso o alienista, viriam também buscá-lo a ele, na qualidade de cúmplice. Esta ideia foi o melhor dos vesicatórios[3]. Crispim Soares ergueu-se, disse que estava bom, que ia sair; e apesar de todos os esforços e protestos da consorte, vestiu-se e saiu. Os velhos cronistas são unânimes em dizer que a certeza de que o marido ia colocar-se nobremente ao lado do alienista consolou grandemente a esposa do boticário; e notam, com muita perspicácia, o imenso poder moral de uma ilusão; porquanto, o boticário caminhou resolutamente ao palácio do governo, não à casa do alienista. Ali chegando, mostrou-se admirado de não ver o barbeiro, a quem ia apresentar os seus protestos de adesão, não o tendo feito desde a véspera por enfermo. E tossia com algum custo. Os altos funcionários que lhe ouviam esta declaração, sabedores da intimidade do boticário com o alienista, compreenderam toda a importância da adesão nova, e trataram a Crispim Soares com apurado carinho; afirmaram-lhe que o barbeiro não tardava; Sua Senhoria tinha ido à Casa Verde, a negócio importante, mas não tardava. Deram-lhe cadeira, refrescos, elogios; disseram-lhe que a causa do ilustre Porfírio era a de todos os patriotas; ao que o boticário ia repetindo que sim, que nunca pensara outra coisa, que isso mesmo mandaria declarar a Sua Majestade.

Uma conversinha sobre o 8º capítulo:

Diz o ditado que quando o navio começa a afundar, os ratos são os primeiros a fugir. Diga que o comportamento do Crispim não foi exatamente esse? Que cara de pau! Sem mais comentários! O que dizer desse falso amigo?

Reparem o comentário do primeiro parágrafo. Mesmo Porfírio ganhando a Câmara, sabia que não era uma posição que merecia respeito. Se fosse, poderia ter intimado Bacamarte a comparecer ao "palácio do Governo" e o médico obedeceria. Mas sendo provável que o alienista o ignorasse, para não parecer fraco perante o povo, fez sua manobra política, e resolveu ele ir até a casa de Simão.

CAPÍTULO IX

Uma palavrinha antes de começar a leitura...

Este título diz muita coisa ou não diz nada! Será que estes dois lindos casos são o próprio Simão e Crispim? Ou será que Simão vai enrolar Porfírio e encarcerar mais alguém?

Percebam nesse parágrafo o discurso de Porfírio para Simão. Analisem como ele manipula as palavras, como ele se comporta totalmente diferente da forma como bradou à porta do médico, no auge da revolução. E como o alienista percebe a balela que foi essa manifestação.

Glossário

Alvitre = o que é sugerido ou lembrado; proposta, conselho.
Atalhar = tornar mais breve, encurtar, resumir.
Desvanecimento = sentimento de orgulho; vaidade, presunção.
Toleima = tolice.
Velar = cuidar, zelar.
Vilipendiado = desprezado.

DOIS LINDOS CASOS

Não se demorou o alienista em receber o barbeiro; declarou-lhe que não tinha meios de resistir, e, portanto, estava prestes a obedecer. Só uma coisa pedia, é que o não constrangesse a assistir pessoalmente à destruição da Casa Verde.

— Engana-se Vossa Senhoria, disse o barbeiro depois de alguma pausa, engana-se em atribuir ao governo intenções vandálicas. Com razão ou sem ela, a opinião crê que a maior parte dos doidos ali metidos está em seu perfeito juízo, mas o governo reconhece que a questão é puramente científica, e não cogita em resolver com posturas as questões científicas. Demais, a Casa Verde é uma instituição pública; tal a aceitamos das mãos da Câmara dissolvida. Há, entretanto, — por força que há de haver um alvitre intermédio que restitua o sossego ao espírito público.

O alienista mal podia dissimular o assombro; confessou que esperava outra coisa, o arrasamento do hospício, a prisão dele, o desterro, tudo, menos[1]...

Entenderam por que o alienista estava assustado com o discurso de Porfírio? Para quem liderava uma multidão que gritava "Morra o alienista!" ou "Abaixo a Casa Verde", era de se esperar que chegasse fazendo e acontecendo. O médico seria preso, o manicômio demolido, os loucos soltos... Mas nada disso! O discurso do barbeiro veio cheio de historinha... Isso não vai acabar bem!

— O pasmo de Vossa Senhoria, atalhou gravemente o barbeiro, vem de não atender à grave responsabilidade do governo. O povo, tomado de uma cega piedade, que lhe dá em tal caso legítima indignação, pode exigir do governo certa ordem de atos; mas este, com a responsabilidade que lhe incumbe, não os deve praticar, ao menos integralmente, e tal é a nossa situação. A generosa revolução que ontem derrubou uma Câmara vilipendiada e corrupta, pediu em altos brados o arrasamento da Casa Verde; mas pode entrar no ânimo do governo eliminar a loucura? Não. E se o governo não a pode eliminar, está ao menos apto para discriminá-la, reconhecê-la? Também não; é matéria de ciência. Logo, em assunto tão melindroso, o governo não pode, não quer dispensar o concurso de Vossa Senhoria. O que lhe pede é que de certa maneira demos alguma satisfação ao povo. Unamo-nos, e o povo saberá obedecer. Um dos alvitres aceitáveis, se Vossa Senhoria não indicar outro, seria fazer retirar da Casa Verde aqueles enfermos que estiverem quase curados, e bem assim os maníacos de pouca monta etc. Desse modo, sem grande perigo, mostraremos alguma tolerância e benignidade[2].

> **2** Entenderam? O povo bradava pela injustiça de pessoas normais serem encarceradas. Este mesmo povo se deixou levar pela liderança de um homem que os inflamava mais e mais. Contudo, nós leitores sabíamos que as intenções de Porfírio não eram nobres. Ele sempre quis uma vaga na Câmara de vereadores. Como nunca foi considerado por ser um mero barbeiro, viu a oportunidade de expor a corrupção e tomar posse do lugar. Agora, o que ele quer é se manter no poder com o apoio de Simão. E para o povo seria dado um "cala-boca". Já ouviram essa expressão? É uma espécie de agradinho para que o recebedor fique calmo e quieto.

— Quantos mortos e feridos houve ontem no conflito? perguntou Simão Bacamarte, depois de uns três minutos.

O barbeiro ficou espantado da pergunta, mas respondeu logo que onze mortos e vinte e cinco feridos.

— Onze mortos e vinte e cinco feridos! repetiu duas ou três vezes o alienista.

E em seguida declarou que o alvitre lhe não parecia bom, mas que ele ia catar algum outro, e dentro de poucos dias lhe daria resposta. E fez-lhe várias perguntas acerca dos sucessos da véspera, ataque, defesa, adesão dos dragões, resistência da Câmara etc., ao que o barbeiro ia respondendo com grande abundância, insistindo principalmente no descrédito em que a Câmara caíra. O barbeiro confessou que o novo governo não tinha ainda por si a confiança dos principais da vila, mas o alienista podia fazer muito nesse ponto. O governo, concluiu o barbeiro, folgaria se pudesse contar, não já com a simpatia, senão com a benevolência do mais alto espírito de Itaguaí, e seguramente do reino. Mas nada disso alterava a nobre e austera fisionomia daquele grande homem, que ouvia calado, sem desvanecimento, nem modéstia, mas impassível como um deus de pedra.

— Onze mortos e vinte e cinco feridos, repetiu o alienista, depois de acompanhar o barbeiro até a porta. Eis aí dois lindos casos de doença cerebral. Os sintomas de duplicidade e descaramento deste barbeiro são positivos. Quanto à toleima dos que o aclamaram não é preciso outra prova além dos onze mortos e vinte e cinco feridos.

— Dois lindos casos!

— Viva o ilustre Porfírio! bradaram umas trinta pessoas que aguardavam o barbeiro à porta.

O alienista espiou pela janela, e ainda ouviu este resto de uma pequena fala do barbeiro às trinta pessoas que o aclamavam:

— ...porque eu velo, podeis estar certos disso, eu velo pela execução das vontades do povo. Confiai em mim; e tudo se fará pela melhor maneira. Só vos recomendo ordem. A ordem, meus amigos, é a base do governo...

— Viva o ilustre Porfírio! bradaram as trinta vozes, agitando os chapéus.

— Dois lindos casos! murmurou o alienista.

Uma conversinha sobre o 9º capítulo:

A informação sobre o número de feridos e mortos no protesto é muito triste! Trazendo para nossa realidade, é exatamente disso que eu falava há alguns capítulos. Nobre e direito é reivindicar o que é certo. Errado é ferir as pessoas, destruir patrimônio alheio. Nada justifica. Pessoas não são apenas números. São seres humanos. É incrível como um texto tão antigo nos dá o que pensar em data tão futura!

Como disse o próprio Simão Bacamarte, a duplicidade e descaramento de Porfírio são patéticos. Como duplicidade entenda "duas caras". Para o povo, um discurso; para o médico, sabendo de suas capacidades e oratória, outro discurso. Aqui estava o "primeiro caso" que o médico estava criando em sua mente.

E, então, conta também sobre a tolice do povo. Tolice que ainda vemos hoje em dia. Tolice de acreditar em palavras vazias, em frases de efeito, e não perceber o absurdo dos onze mortos e vinte e cinco feridos. E eis o "segundo caso".

Machado de Assis costumava ser criticado por não tomar partido das manifestações de sua época. Como servidor público, ele devia um certo comedimento. Mas acredito que sua índole não era da guerra, e sim do uso das palavras. E era com as palavras que ele criava a rebelião, que ele criticava a corrupção, a escravidão, as falsidades. E como fazia isso com perfeição!

Vamos ver quais as consequências dessa visita de Porfírio!

CAPÍTULO X

Uma palavrinha antes de começar a leitura...

Alguém podia imaginar essa reviravolta? Porfírio não queria justiça, queria glória! Não satisfeito com o cargo que lhe foi dado como Governador da Vila, ainda queria mais, queria acordos escusos com Simão. Isso lembra alguma coisa a vocês? Nossa, a corrupção vem de longe. Não é à toa que dizem que desembarcou com Cabral.

O título desse capítulo devia ser "reviravolta" e não restauração, porque se acham que a atitude de Porfírio foi surpreendente, esperem para ver as atitudes de Simão a partir de agora.

Mas como diz o ditado, nada como um dia atrás do outro, ou, no caso da nossa história, cinco dias depois...

Glossário

Abnegação = altruísmo, desprendimento dos próprios interesses para beneficiar outra pessoa ou uma causa.
Almude = recipiente para armazenagem de líquidos, correspondente a aproximadamente 32 litros.
Aparato = elementos que demonstram capacidade, força, poder.
Aposentação = internação.
Avaro = pão-duro, excessivamente apegado ao dinheiro.
Circunstantes = espectadores; aqueles que presenciam um evento ou um acontecimento.
Com lisura = com integridade, com honestidade.
Congregar = unir-se em interesse comum.
Eivado = que está contaminado, infectado.
Enfunado = envaidecido, orgulhoso.
Engodo = cilada, engano.
Gaiato = brincalhão.
Godo = pessoa pertencente aos Godos, povos da Germânia, reconhecidos como bárbaros e que se espalharam pela Europa.
Hipócrates = considerado o pai da Medicina.
Hipócrates forrado de Catão = era alguém com as qualidades da medicina e a honestidade de Catão.
Sequaz = aquele que segue, acompanha ou professa as ideias de um filósofo; aquele que faz parte de um partido ou seita.
Suntuária = luxuosa.
Tafularia = que se arrumam com um cuidado exagerado, luxuoso, mas que geralmente tende ao mau gosto.

A RESTAURAÇÃO

Dentro de cinco dias, o alienista meteu na Casa Verde cerca de cinquenta aclamadores do novo governo. O povo indignou-se. O governo, atarantado, não sabia reagir. João Pina, outro barbeiro, dizia abertamente nas ruas que o Porfírio estava "vendido ao ouro de Simão Bacamarte", frase que congregou em torno de João Pina a gente mais resoluta da vila. Porfírio, vendo o antigo rival da navalha à testa da insurreição, compreendeu que a sua perda era irremediável, se não desse um grande golpe; expediu dois decretos, um abolindo a Casa Verde, outro desterrando o alienista. João Pina mostrou claramente, com grandes frases, que o ato de Porfírio era um simples aparato, um engodo, em que o povo não devia crer. Duas horas depois caía Porfírio ignominiosamente, e João Pina assumia a difícil tarefa do governo[1]. Como achasse nas gavetas as minutas da proclamação, da exposição ao vice-rei e de outros atos inaugurais, do governo anterior, deu-se pressa em os fazer copiar e expedir; acrescentam os cronistas, e aliás subentende-se, que ele lhes mudou os nomes, e onde o outro barbeiro falara de uma Câmara corrupta, falou este de "um intruso eivado das más doutrinas francesas, e contrário aos sacrossantos interesses de Sua Majestade" etc.

---

1 Porfírio caiu, mas não caiu porque alguém mais nobre e mais correto colocou ordem na casa. Ele caiu, porque Simão foi mais esperto, e demonstrou mais poder. Diante da incompetência do barbeiro, um inimigo seu resolveu aproveitar a oportunidade e tomar o poder.

O narrador nos mostra essa rixa com a frase "o antigo rival de navalha" que não só diz que Porfírio e João Pina eram inimigos, como o fato de João ter a mesma profissão. Quando ele diz que o outro está à "testa da insurreição", ele diz que estava à frente do novo golpe, que tiraria Porfírio.

Logo em seguida vocês verão que apenas trocou-se, de novo, "seis por meia dúzia".

Nisto entrou na vila uma força mandada pelo vice-rei, e restabeleceu a ordem. O alienista exigiu desde logo a entrega do barbeiro Porfírio, e bem assim a de uns cinquenta e tantos indivíduos, que declarou mentecaptos; e não só lhe deram esses, como afiançaram entregar-lhe mais dezenove sequazes do barbeiro, que convalesciam das feridas apanhadas na primeira rebelião.

Este ponto da crise de Itaguaí marca também o grau máximo da influência de Simão Bacamarte. Tudo quanto quis, deu-se-lhe; e uma das mais vivas provas do poder do ilustre médico achamo-la na prontidão com que os vereadores, restituídos a seus lugares, consentiram em que Sebastião Freitas também fosse recolhido ao hospício. O alienista, sabendo da extraordinária inconsistência das opiniões desse vereador, entendeu que era um caso patológico, e pediu-o. A mesma coisa aconteceu ao boticário. O alienista, desde que lhe falaram da momentânea adesão de Crispim Soares à rebelião dos Canjicas, comparou-a à aprovação que sempre recebera dele, ainda na véspera, e mandou capturá-lo. Crispim Soares não negou o fato, mas explicou-o dizendo que cedera a um movimento de terror, ao ver a rebelião triunfante, e deu como prova a ausência de nenhum outro ato seu, acrescentando que voltara logo à cama, doente. Simão Bacamarte não o contrariou; disse, porém, aos circunstantes, que o terror também é pai da loucura, e que o caso de Crispim Soares lhe parecia dos mais caracterizados[2].

> **2** Se outrora o povo tinha desconfiança que alguns foram encarcerados porque eram contrários às ideias de Simão, agora podiam ter certeza. É claro que, na mente de Bacamarte, havia sempre alguma "explicação patológica" para cada caso que ele metia na Casa Verde. O vereador Sebastião que, de início, apoiava o médico e depois passou para o lado de Porfírio foi encarcerado com a patologia da "inconsistência de opiniões". No caso do amigo Crispim, associou o terror, pavor de Crispim a um caso de loucura.
>
> Respire fundo porque Simão só está começando. Nesse passo, nem sei se sobram muitos moradores em Itaguaí...

Mas a prova mais evidente da influência de Simão Bacamarte foi a docilidade com que a Câmara lhe entregou o próprio presidente. Este digno magistrado tinha declarado, em plena sessão, que não se contentava, para lavá-lo da afronta dos Canjicas, com menos de trinta almudes de sangue; palavra que chegou aos ouvidos do alienista por boca do secretário da Câmara, entusiasmado de tamanha energia. Simão Bacamarte começou por meter o secretário na Casa Verde, e foi dali à Câmara, à qual declarou que o presidente estava padecendo da "demência dos touros", um gênero que ele pretendia estudar, com grande vantagem para os povos. A Câmara a princípio hesitou, mas acabou cedendo.

Daí em diante foi uma coleta desenfreada. Um homem não podia dar nascença ou curso a mais simples mentira do mundo, ainda daquelas que aproveitam ao inventor ou divulgador, que não fosse logo metido na Casa Verde. Tudo era loucura. Os cultores de enigmas, os fabricantes de charadas, de anagramas, os maldizentes, os curiosos da vida alheia, os que põem todo o seu cuidado na tafularia, um ou outro almotacé enfunado, ninguém escapava aos emissários do alienista. Ele respeitava as namoradas e não poupava as namoradeiras, dizendo que as primeiras cediam a um impulso natural, e as segundas a um vício. Se um homem era avaro ou pródigo ia do mesmo modo para a Casa Verde; daí a alegação de que não havia regra para a completa sanidade mental. Alguns cronistas creem que Simão Bacamarte nem sempre procedia com lisura, e citam em abono da afirmação (que não sei se pode ser aceita) o fato de ter alcançado da Câmara uma postura autorizando o uso de um anel de prata no dedo polegar da mão esquerda, a toda a pessoa que, sem outra prova documental ou tradicional, declarasse ter nas veias duas ou três onças de sangue godo. Dizem esses cronistas que o fim secreto da insinuação à Câmara foi enriquecer um ourives, amigo e compadre dele; mas, conquanto seja certo que o ourives viu prosperar o negócio depois da nova ordenação municipal, não o é menos que essa postura deu à Casa Verde uma multidão de inquilinos; pelo que, não se pode definir, sem temeridade, o verdadeiro fim do ilustre médico. Quanto à razão determinativa da captura e aposentação na Casa Verde de todos quantos usaram do anel, é um dos pontos mais obscuros da história de Itaguaí; a opinião mais verossímil é que eles foram recolhidos por andarem a gesticular, à toa, nas ruas, em casa, na igreja. Ninguém ignora que os doidos gesticulam muito. Em todo caso, é uma simples conjetura; de positivo nada há.

— Onde é que este homem vai parar? diziam os principais da terra. Ah! se nós tivéssemos apoiado os Canjicas...

Um dia, de manhã, — dia em que a Câmara devia dar um grande baile, — a vila inteira ficou abalada com a notícia de que a própria esposa do alienista fora metida na Casa Verde. Ninguém acreditou; devia ser invenção de algum gaiato. E não era: era a verdade pura. D. Evarista fora recolhida às duas horas da noite. O Padre Lopes correu ao alienista e interrogou-o discretamente acerca do fato.

— Já há algum tempo que eu desconfiava, disse gravemente o marido. A modéstia com que ela vivera em ambos os matrimônios não podia conciliar-se com o furor das sedas, veludos, rendas e pedras preciosas que manifestou, logo que voltou do Rio de Janeiro. Desde então comecei a observá-la. Suas conversas eram todas sobre esses objetos: se eu lhe falava das antigas cortes, inquiria logo da forma dos vestidos das damas; se uma senhora a visitava, na minha ausência, antes de me dizer o objeto da visita, descrevia-me o trajo, aprovando umas coisas e censurando outras. Um dia, creio que Vossa Reverendíssima há de lembrar-se, propôs-se a fazer anualmente um vestido para a imagem de Nossa Senhora da Matriz. Tudo isto eram sintomas graves; esta noite, porém, declarou-se a total demência. Tinha escolhido, preparado, enfeitado o vestuário que levaria ao baile da Câmara Municipal; só hesitava entre um colar de granada e outro de safira. Anteontem perguntou-me qual deles levaria; respondi-lhe que um ou outro lhe ficava bem. Ontem repetiu a pergunta, ao almoço; pouco depois de jantar fui achá-la calada e pensativa. — Que tem? perguntei-lhe. — Queria levar o colar de granada, mas acho o de safira tão bonito! — Pois leve o de safira. — Ah! mas onde fica o de granada? — Enfim, passou a tarde sem novidade. Ceamos, e deitamo-nos. Alta noite, seria hora e meia, acordo e não a vejo; levanto-me, vou ao quarto de vestir, acho-a diante dos dois colares, ensaiando-os ao espelho, ora um, ora outro. Era evidente a demência; recolhi-a logo.

O Padre Lopes não se satisfez com a resposta, mas não objetou nada. O alienista, porém, percebeu e explicou-lhe que o caso de D. Evarista era de "mania suntuária", não incurável, e em todo caso digno de estudo.

— Conto pô-la boa dentro de seis semanas, concluiu ele.

A abnegação do ilustre médico deu-lhe grande realce. Conjeturas, invenções, desconfianças, tudo caiu por terra, desde que ele não duvidou recolher à Casa Verde a própria mulher, a quem amava com todas as forças da alma. Ninguém mais tinha o direito de resistir-lhe, — menos ainda o de atribuir-lhe intuitos alheios à ciência.

Era um grande homem austero, Hipócrates forrado de Catão.

Uma conversinha sobre o 10º capítulo:

O que vocês me dizem do grande poder que Simão Bacamarte tinha? Bastou vir o vice-rei e ele ditou as ordens do que queria. E fez o que queria. Machado nos mostra o perigo de alguém que centraliza o poder, do que pode mandar fazer ou mandar desfazer, ou seja, os mandos e desmandos. Qualquer teoria que surgisse na mente de Simão justificava seus atos. E seus atos eram justificados pelo poder que conseguira junto à Corte. Um perigo!

E pensar que, hoje, nós somos a Corte que coloca todo esse poder nas mãos de poucas pessoas, por meio do nosso voto. Perigo! Perigo! Já dizia o robozinho daquele filme. Sabe qual é?

E olha só o que o Simão foi capaz de fazer com a própria mulher! Inacreditável! Me amassa, que estou passadinha! Como ele teve coragem de prender a própria mulher? E só porque estava em dúvida entre dois colares? Quem nunca? Qual mulher nunca ficou em dúvida entre duas roupas, duas bolsas, dois sapatos? (risos) Mas veja que, no caso da esposa, ele disse que era uma loucura leve e curava em pouco tempo. Será?

CAPÍTULO XI

Uma palavrinha antes de começar a leitura...

O capítulo é curto, mas não é bobo. Mantenham a serenidade, mas deixem os olhos bem abertos, porque uma bomba vem por aí. Nem vamos fazer comentários internamente, para não quebrar o clima crescente de assombro.

Quando eu penso que essa história não pode mais virar de ponta-cabeça, Machado vem e nos surpreende. Vocês não vão acreditar na nova louca ideia de Simão Bacamarte!

Só lendo, só lendo...

Glossário

Fausto = luxuoso, pomposo.
Regozijo = prazer, alegria.

O ASSOMBRO DE ITAGUAÍ

E agora prepare-se o leitor para o mesmo assombro em que ficou a vila, ao saber um dia que os loucos da Casa Verde iam todos ser postos na rua.

— Todos?

— Todos.

— É impossível; alguns, sim, mas todos...

— Todos. Assim o disse ele no ofício que mandou hoje de manhã à Câmara.

De fato, o alienista oficiara à Câmara, expondo: — 1º, que verificara das estatísticas da vila e da Casa Verde, que quatro quintos da população estavam aposentados naquele estabelecimento; 2º, que esta deslocação de população levara-o a examinar os fundamentos da sua teoria das moléstias cerebrais, teoria que excluía da razão todos os casos em que o equilíbrio das faculdades não fosse perfeito e absoluto; 3º, que desse exame e do fato estatístico resultara para ele a convicção de que a verdadeira doutrina não era aquela, mas a oposta, e, portanto, que se devia admitir como normal e exemplar o desequilíbrio das faculdades, e como hipóteses patológicas todos os casos em que aquele equilíbrio fosse ininterrupto; 4º, que à vista disso declarava à Câmara que ia dar liberdade aos reclusos da Casa Verde e agasalhar nela as pessoas que se achassem nas condições agora expostas; 5º, que tratando de descobrir a verdade científica, não se pouparia a esforços de toda a natureza, esperando da Câmara igual dedicação; 6º, que restituía à Câmara e aos particulares a soma do estipêndio recebido para alojamento dos supostos loucos, descontada a parte efetivamente gasta com a alimentação, roupa etc.; o que a Câmara mandaria verificar nos livros e arcas da Casa Verde.

O assombro de Itaguaí foi grande; não foi menor a alegria dos parentes e amigos dos reclusos. Jantares, danças, luminárias, músicas, tudo houve para celebrar tão fausto acontecimento. Não descrevo as festas por não interessarem ao nosso propósito; mas foram esplêndidas, tocantes e prolongadas.

E vão assim as coisas humanas! No meio do regozijo produzido pelo ofício de Simão Bacamarte, ninguém advertia na frase final do § 4º, uma frase cheia de experiências futuras.

Uma conversinha sobre o 11º capítulo:

Que lou-cu-ra! Simão criou o avesso da teoria da loucura! Entendeu? Ele espelhou tudo. Quem era considerado louco passou a ser considerado são. Quem era considerado são passou a ser considerado louco. E essa turma da Câmara e o próprio povo, que não lê direito o que está escrito no documento e não se dá conta que tem um parágrafo bombástico ali?

Vocês perceberam como ele chegou a essa nova e louca teoria? Por meio da estatística, ou seja, que 4/5 dos moradores de Itaguaí já estavam encarcerados na Casa Verde. Se trouxermos a números de hoje, em 2019 a cidade tinha cerca de 133 mil habitantes. Então, se o alienista tivesse vivido naquele ano, era como se tivesse encarcerado 106 mil habitantes.

Seu raciocínio foi o seguinte. Ora, se ele estava prendendo os loucos, e era sabido que os loucos são a minoria, ou ele estava totalmente errado ou tinha interpretado a estatística de forma avessa. Em vez de entender que o maluco era ele, optou pela segunda possibilidade, e decidiu que os loucos eram nada mais do que todos de comportamento avesso do que tinha aposentado na Casa Verde.

Do ofício dele, me chama a atenção e gostaria que vocês também percebessem o trecho que diz que antes ele achava louco todo aquele que o equilíbrio da faculdade mensal não fosse perfeito e absoluto. Agora, ele considerava o oposto. Que todos que tivessem desequilíbrio da mente é que eram pessoas normais. Isso se aproxima um pouco mais da realidade, porque somos todos diferentes, temos todos personalidades próprias, manias, medos, e isso é normal. Não seria normal alguém perfeito, porque não existe a perfeição no ser humano. Mas como estamos falando de Bacamarte, ele não podia chegar a uma conclusão tão simples, não é? Agora vamos a outro alerta que podemos extrair desse capítulo.

Você lê todos os documentos que assina? Tem que ler. Tudo. Sabe aquela história das letrinhas miúdas? É isso aí, ou a pior parte de um contrato está em letrinhas miúdas, porque todo o contrato é escrito assim, ou está em palavras que não entendemos. Por isso também é importantíssima a leitura de textos clássicos. Muitos termos usados em documentos jurídicos eram usados antigamente na fala normal.

Isto vale para as leis também. Qual foi a última lei que você leu? Sério? Nunca leu nenhuma? Gente, não pode! Só podemos exercer nossos deveres e cobrar nossos direitos como cidadãos se soubermos quais são eles. Comece pela Declaração dos Direitos Universais!

Tem um livro meu que é um romance distópico, lançado em 2020, que se chama *A Rainha Perdida* (Ed. Opala) que tem uma frase assim: "Você não pode desejar aquilo que não conhece".

Você também não pode se proteger daquilo que não conhece. Fica a dica!

CAPÍTULO XII

Uma palavrinha antes de começar a leitura...

Eu disse que precisamos ler tudo que assinamos e precisamos entender o que nos é apresentado. Taí, o povo se preocupou só com a parte boa da notícia e, agora, vai descobrir a parte podre das ideias de Simão.

Vamos lá dar apoio para esse pessoal, coitado!

Glossário

Adágio = ditado, provérbio.
Arrazoar = expor ideias, argumentos; discutir.
Estatuir = determinado por meio de lei, decreto ou estatuto.
Férvido = caloroso, entusiasmado.
Insigne = afamado.
Invectiva = ofensa.
Jurisconsulto = que dá pareceres jurídicos.
Pusilânime = aquele que não tem coragem, que é covarde.
Símplice = simples.
Velhaco = enganador, trapaceiro.

O FINAL DO § 4º

Apagaram-se as luminárias, reconstituíram-se as famílias, tudo parecia reposto nos antigos eixos. Reinava a ordem, a Câmara exercia outra vez o governo, sem nenhuma pressão externa; o próprio presidente e o vereador Freitas tornaram aos seus lugares. O barbeiro Porfírio, ensinado pelos acontecimentos, tendo "provado tudo", como o poeta disse de Napoleão[1], e mais alguma coisa, porque Napoleão não provou a Casa Verde, o barbeiro achou preferível a glória obscura da navalha e da tesoura às calamidades brilhantes do poder; foi, é certo, processado; mas a população da vila implorou a clemência de Sua Majestade; daí o perdão. João Pina foi absolvido, atendendo-se a que ele derrocara um rebelde. Os cronistas pensam que deste fato é que nasceu o nosso adágio: — ladrão que furta ladrão, tem cem anos de perdão; — adágio imoral, é verdade, mas grandemente útil[2].

[1] Napoleão Bonaparte foi um político que teve grande poder na França, mas no fim de sua vida sofreu com a captura e exílio. Nas palavras de Porfírio, ele estava à frente de tudo que Napoleão viveu, pois este não chegou a "provar" a internação na Casa Verde, apesar da sua fama de louco.

[2] Já ouviram essa expressão: "ladrão que rouba ladrão tem cem anos de perdão"? Podiam imaginar que fosse tão antiga? Pois é, Machado de Assis nos mostra que data de antes de 1900.

Não só findaram as queixas contra o alienista, mas até nenhum ressentimento ficou dos atos que ele praticara; acrescendo que os reclusos da Casa Verde, desde que ele os declarara plenamente ajuizados, sentiram-se tomados de profundo reconhecimento e férvido entusiasmo. Muitos entenderam que o alienista merecia uma especial manifestação e deram-lhe um baile, ao qual se seguiram outros bailes e jantares. Dizem as crônicas que D. Evarista a princípio tivera ideia de separar-se do consorte, mas a dor de perder a companhia de tão grande homem venceu qualquer ressentimento de amor próprio e o casal veio a ser ainda mais feliz do que antes.

Não menos íntima ficou a amizade do alienista e do boticário. Este concluiu do ofício de Simão Bacamarte que a prudência é a primeira das virtudes em tempos de revolução e apreciou muito a magnanimidade do alienista, que ao dar-lhe a liberdade estendeu-lhe a mão de amigo velho.

— É um grande homem, disse ele à mulher, referindo aquela circunstância.

Não é preciso falar do albardeiro, do Costa, do Coelho, do Martim Brito e outros, especialmente nomeados neste escrito; basta dizer que puderam exercer livremente os seus hábitos anteriores. O próprio Martim Brito, recluso por um discurso em que louvara enfaticamente D. Evarista, fez agora outro em honra do insigne médico — "cujo altíssimo gênio, elevando as asas muito acima do sol, deixou abaixo de si todos os demais espíritos da terra[3]".

3 Sabem do que Martim Brito está falando? De mitologia, da história de Ícaro. Seu pai, Dédalo, construiu o labirinto onde vivia o Minotauro, mas acabou revelando para Ariadne os segredos de como deixar o lugar. Desta forma, Teseu, o amado de Ariadne, derrotou o Minotauro. O Rei Minos mandou, então, prender Dédalo e Ícaro no labirinto. Dédalo, então, projetou para os dois asas com penas de pássaros e cera de abelha, para que pudessem fugir do labirinto pelo céu. Deu certo e eles fugiram da Ilha de Creta. Contudo, Ícaro, tomado pelo êxtase de poder voar, desobedeceu às ordens do pai e decidiu voar ainda mais alto, como se fosse um deus inabalável. Mas ao se aproximar do sol, o calor derreteu a cera e as penas se soltaram. Ícaro caiu no mar de Egeu e morreu afogado.
    Então, Martim compara Bacamarte a Ícaro, mas corrigindo a história, dando ao médico a vitória sobre o sol, deixando todos os outros abaixo de seu poder.
    Sabiam que tem uma música que fala sobre a lenda de Ícaro? É a música "Sonho de Ícaro" de Byafra.

— Agradeço as suas palavras, retorquiu-lhe o alienista, e ainda me não arrependo de o haver restituído à liberdade.

Entretanto, a Câmara, que respondera o ofício de Simão Bacamarte, com a ressalva de que oportunamente estatuiria em relação ao final do § 4º, tratou enfim de legislar sobre ele. Foi adotada, sem debate, uma postura autorizando o alienista a agasalhar na Casa Verde as pessoas que se achassem no gozo do perfeito equilíbrio das faculdades mentais. E porque a experiência da Câmara tivesse sido dolorosa, estabeleceu ela a cláusula, de que a autorização era provisória, limitada a um ano, para o fim de ser experimentada a nova teoria psicológica, podendo a Câmara, antes mesmo daquele prazo, mandar fechar a Casa Verde, se a isso fosse aconselhada por motivos de ordem pública. O vereador Freitas propôs também a declaração de que em nenhum caso fossem os vereadores recolhidos ao asilo dos alienados: cláusula que foi aceita, votada e incluída na postura, apesar das reclamações do vereador Galvão. O argumento principal deste magistrado é que a Câmara, legislando sobre uma experiência científica, não podia excluir as pessoas dos seus membros das consequências da lei; a exceção era odiosa e ridícula. Mal proferira estas duas palavras, romperam os vereadores em altos brados contra a audácia e insensatez do colega; este, porém, ouviu-os e limitou-se a dizer que votava contra a exceção[4].

> **4** Lembram do texto do parágrafo 4º do ofício do médico à Câmara? Dizia assim: "declarava à Câmara que ia dar liberdade aos reclusos da Casa Verde e agasalhar nela as pessoas que se achassem nas condições agora expostas". E as condições expostas estavam no parágrafo 3º que dizia que em virtude da estatística de ter a maioria de moradores trancados na Casa Verde, ele deduzia que a doutrina era a oposta do que pensava. Ou seja, todo mundo que estava solto seria carregado para o manicômio.

> Por sorte, isso não foi colocado em prática logo que a Casa Verde foi esvaziada, porque a Câmara ainda precisava analisar e votar. E essa loucura maior poderia ter parado por aí, se os vereadores agissem com integridade. Mas preferiram dar razão ao alienista, desde que não saíssem prejudicados, claro! Por isso, fizeram o que chamamos hoje em dia de "legislar em causa própria". Imagina um político votar uma lei que aumenta o próprio salário, ou que lhe dá vantagens que os outros cidadãos não têm? Acha absurdo? Sinto dizer que temos inúmeros casos hoje em dia.
>
> Um dos vereadores até tentou alertar que era odiosa uma atitude dessas, mas não deu resultado. Seguindo essa lógica maluca, acredito que podem adivinhar o que aconteceu em seguida com esse vereador, não é?

— A vereança, concluiu ele, não nos dá nenhum poder especial nem nos elimina do espírito humano.

Simão Bacamarte aceitou a postura com todas as restrições. Quanto à exclusão dos vereadores, declarou que teria profundo sentimento se fosse compelido a recolhê-los à Casa Verde; a cláusula, porém, era a melhor prova de que eles não padeciam do perfeito equilíbrio das faculdades mentais. Não acontecia o mesmo ao vereador Galvão, cujo acerto na objeção feita, e cuja moderação na resposta dada às invectivas dos colegas mostravam da parte dele um cérebro bem organizado; pelo que rogava à Câmara que lho entregasse. A Câmara, sentindo-se ainda agravada pelo proceder do vereador Galvão, estimou o pedido do alienista, e votou unanimemente a entrega.

Compreende-se que, pela teoria nova, não bastava um fato ou um dito, para recolher alguém à Casa Verde; era preciso um longo exame, um vasto inquérito do passado e do presente. O Padre Lopes, por exemplo, só foi capturado trinta dias depois da postura; a mulher do boticário, quarenta dias. A reclusão desta senhora encheu o consorte de indignação. Crispim Soares saiu de casa espumando de cólera, e declarando às pessoas a quem encontrava que ia arrancar as orelhas ao tirano. Um sujeito, adversário do alienista, ouvindo na rua essa notícia, esqueceu os motivos de dissidência, e correu à casa de Simão Bacamarte a participar-lhe o perigo que corria. Simão Bacamarte mostrou-se grato ao procedimento do adversário, e poucos minutos lhe bastaram para conhecer a retidão dos seus sentimentos, a boa-fé, o respeito humano, a generosidade; apertou-lhe muito as mãos, e recolheu-o à Casa Verde.

— Um caso destes é raro, disse ele à mulher pasmada. Agora esperemos o nosso Crispim.

Crispim Soares entrou. A dor vencera a raiva, o boticário não arrancou as orelhas ao alienista. Este consolou o seu privado, assegurando-lhe que não era caso perdido; talvez a mulher tivesse alguma lesão cerebral; ia examiná-la com muita atenção; mas antes disso não podia deixá-la na rua. E, parecendo-lhe vantajoso reuni-los, porque a astúcia e velhacaria do marido poderiam de certo modo curar a beleza moral que ele descobrira na esposa, disse Simão Bacamarte:

— O senhor trabalhará durante o dia na botica, mas almoçará e jantará com sua mulher, e cá passará as noites, e os domingos e dias santos.

A proposta colocou o pobre boticário na situação do asno de Buridan[5]. Queria viver com a mulher, mas temia voltar à Casa Verde; e nessa luta esteve algum tempo, até que D. Evarista o tirou da dificuldade, prometendo que se incumbiria de ver a amiga e transmitir os recados de um para outro. Crispim Soares beijou-lhe as mãos, agradecido. Este último rasgo de egoísmo pusilânime pareceu sublime ao alienista.

> **5** Asno de Buridan é um paradoxo (declaração que aparenta ser verdadeira, mas que leva a uma contradição lógica) filosófico que trata do livre arbítrio. Numa situação hipotética, um asno é colocado, na mesma distância, longe de um fardo de palha e de um pote com água. Considera-se um paradoxo que o asno sempre escolhe o que está mais perto. Mas como ambos estão na mesma distância, presume-se que ele irá morrer de fome e sede, pois não conseguirá decidir fugindo do seu instinto.

Ao cabo de cinco meses estavam alojadas umas dezoito pessoas; mas Simão Bacamarte não afrouxava; ia de rua em rua, de casa em casa, espreitando, interrogando, estudando; e quando colhia um enfermo, levava-o com a mesma alegria com que outrora os arrebanhava às dúzias. Essa mesma desproporção confirmava a teoria nova; achara-se enfim a verdadeira patologia cerebral. Um dia, conseguiu meter na Casa Verde o juiz de fora; mas procedia com tanto escrúpulo, que o não fez senão depois de estudar minuciosamente todos os seus atos, e interrogar os principais da vila. Mais de uma vez esteve prestes a recolher pessoas perfeitamente desequilibradas; foi o que se deu com um advogado, em quem reconheceu um tal conjunto de qualidades morais e mentais, que era perigoso deixá-lo na rua. Mandou prendê-lo; mas o agente, desconfiado, pediu-lhe para fazer uma experiência; foi ter com um compadre, demandado por um testamento falso, e deu-lhe de conselho que tomasse por advogado o Salustiano; era o nome da pessoa em questão.

— Então, parece-lhe...?

— Sem dúvida: vá, confesse tudo, a verdade inteira, seja qual for, e confie-lhe a causa.

O homem foi ter com o advogado, confessou ter falsificado o testamento, e acabou pedindo que lhe tomasse a causa. Não se negou o advogado, estudou os papéis, arrazoou longamente, e provou a todas as luzes que o testamento era mais que verdadeiro. A inocência do réu foi solenemente proclamada pelo juiz, e a herança passou-lhe às mãos. O distinto jurisconsulto deveu a esta experiência a liberdade. Mas nada escapa a um espírito original e penetrante. Simão Bacamarte, que desde algum tempo notava o zelo, a sagacidade, a paciência, a moderação daquele agente, reconheceu a habilidade e o tino com que ele levara a cabo uma experiência tão melindrosa e complicada, e determinou recolhê-lo imediatamente à Casa Verde; deu-lhe, todavia, um dos melhores cubículos.

Os alienados foram alojados por classes. Fez-se uma galeria de modestos, isto é, dos loucos em quem predominava esta perfeição moral; outra de tolerantes, outra de verídicos, outra de símplices, outra de leais, outra de magnânimos, outra de sagazes, outra de sinceros etc. Naturalmente, as famílias e os amigos dos reclusos bradavam contra a teoria; e alguns tentaram compelir a Câmara a cassar a licença. A Câmara, porém, não esquecera a linguagem do vereador Galvão, e se cassasse a licença, vê-lo-ia na rua, e restituído ao lugar; pelo que, recusou. Simão Bacamarte oficiou aos vereadores, não agradecendo, mas felicitando-os por esse ato de vingança pessoal.

Desenganados da legalidade, alguns principais da vila recorreram secretamente ao barbeiro Porfírio e afiançaram-lhe todo o apoio de gente, dinheiro e influência na corte, se ele se pusesse à testa de outro movimento contra a Câmara e o alienista. O barbeiro respondeu-lhes que não; que a ambição o levara da primeira vez a transgredir as leis, mas que ele se emendara, reconhecendo o erro próprio e a pouca consistência da opinião dos seus mesmos sequazes; que a Câmara entendera autorizar a nova experiência do alienista, por um ano: cumpria, ou esperar o fim do prazo, ou requerer ao vice-rei, caso a mesma Câmara rejeitasse o pedido. Jamais aconselharia o emprego de um recurso que ele viu falhar em suas mãos, e isso a troco de mortes e ferimentos que seriam o seu eterno remorso.

— O que é que me está dizendo? perguntou o alienista quando um agente secreto lhe contou a conversação do barbeiro com os principais da vila.

Dois dias depois o barbeiro era recolhido à Casa Verde.
— Preso por ter cão, preso por não ter cão! exclamou o infeliz.

Chegou o fim do prazo, a Câmara autorizou um prazo suplementar de seis meses para ensaio dos meios terapêuticos. O desfecho deste episódio da crônica itaguaiense é de tal ordem, e tão inesperado, que merecia nada menos de dez capítulos de exposição; mas contento-me com um, que será o remate da narrativa, e um dos mais belos exemplos de convicção científica e abnegação humana.

Uma conversinha sobre o 12º capítulo:

Nem todo mundo é bobo, não é mesmo? Os vereadores trataram de criar uma escapatória no ofício do Simão. Concordaram que todos os "sãos" fossem declarados loucos, exceto o povo da câmara. Esse Machado de Assis parece que escreveu esta história esta semana.

Vocês conheciam o paradoxo do asno de Buridan? Nem eu! Se já tinha estudado, esqueci. Mas nenhum problema. Fui lá e estudei de novo para explicar para vocês. É isso. Essa é a parte legal. Se você não sabe alguma coisa, é só pesquisar. Na minha infância era muito pior. Não tinha internet, tinha que mergulhar nas enciclopédias. E nem sempre achávamos o que queríamos.

Chega a dar vontade de conhecer outros paradoxos, não é? Eu assisti a uma série ótima, que num certo momento explicou sobre o "dilema do trem". É isso, é assim que a ficção funciona pra gente, como se fosse uma pequena torneira enchendo nosso copo de conhecimento. Uau!

E a prisão do barbeiro? Morri de rir com a conclusão: "preso por ter cão, preso por não ter cão". Você entendeu, não é? Antes ele fora preso por ter sido corrupto, ter más intenções, ser falso, ambicioso de forma negativa. Agora, que não queria mais manifestações, que iria seguir as leis, mesmo que não fossem as melhores, que se arrependia das mortes e feridos, ou seja, que parecia uma pessoa de melhor caráter, era aprisionado porque se enquadrava na nova "patologia" de Bacamarte.

E olha o Machado nos instigando de novo no último parágrafo. Ele está dizendo que o próximo capítulo será surpreendente! Vamos ver!

CAPÍTULO XIII

Uma palavrinha antes de começar a leitura...

Chegamos ao derradeiro parágrafo! Derradeiro, último, entendeu, não é? Quis brincar um pouco com você, leitor, que me acompanhou até aqui. Espero que tenha curtido os meus comentários e que eles tenham transformado a leitura de um texto clássico, do maravilhoso Machado de Assis, em momentos prazerosos.

Vamos ao desfecho!

Glossário

Borla = bolota de onde pendem fios trançados ou franjas.
Chambre = roupão ou camisola de dormir.
Cogitativo = pensativo, meditativo.
Embaçar = iludir, enganar.
Equidade = reconhecimento que os direitos são iguais para todos.
Expirou = morreu.
Garção = poeta português.
Ingente = que é muito grande ou que causa muito barulho.
Matrona = mulher de idade madura, com conduta respeitável.
Píndaro = poeta grego.
Plus ultra! = lema adotado pela primeira vez pelo rei Carlos I da Espanha. Desde então é o lema nacional da Espanha. Significa "mais além" em latim.
Régia = real.
Ultramar = região situada além do mar.
Versão dos Setenta = mais antiga tradução da bíblia hebraica para o grego.
Vis medicatrix = frase de Hipócrates que indica que a cura pode acontecer de forma natural, sem qualquer interferência medicamentosa. Hoje, é uma das formas de cura da homeopatia.

PLUS ULTRA!

Era a vez da terapêutica. Simão Bacamarte, ativo e sagaz em descobrir enfermos, excedeu-se ainda na diligência e penetração com que principiou a tratá-los. Neste ponto todos os cronistas estão de pleno acordo: o ilustre alienista fez curas pasmosas, que excitaram a mais viva admiração em Itaguaí.

Com efeito, era difícil imaginar mais racional sistema terapêutico. Estando os loucos divididos por classes, segundo a perfeição moral que em cada um deles excedia às outras, Simão Bacamarte cuidou em atacar de frente a qualidade predominante. Suponhamos um modesto. Ele aplicava a medicação que pudesse incutir-lhe o sentimento oposto; e não ia logo às doses máximas, — graduava-as, conforme o estado, a idade, o temperamento, a posição social do enfermo. Às vezes bastava uma casaca, uma fita, uma cabeleira, uma bengala, para restituir a razão ao alienado; em outros casos a moléstia era mais rebelde; recorria então aos anéis de brilhantes, às distinções honoríficas etc. Houve um doente, poeta, que resistiu a tudo. Simão Bacamarte começava a desesperar da cura, quando teve a ideia de mandar correr matraca, para o fim de o apregoar como um rival de Garção e de Píndaro[1].

1 Na comparação, Simão mandou espalhar a notícia que o poeta "louco" era um rival à altura dos poetas Garção e Píndaro. Enfim, "curou-lhe" a modéstia.

— Foi um santo remédio, contava a mãe do infeliz a uma comadre; foi um santo remédio.

Outro doente, também modesto, opôs a mesma rebeldia à medicação; mas não sendo escritor (mal sabia assinar o nome) não se lhe podia aplicar o remédio da matraca. Simão Bacamarte lembrou-se de pedir para ele o lugar de secretário da Academia dos Encobertos estabelecida em Itaguaí. Os lugares de presidente e secretários eram de nomeação régia, por especial graça do finado rei D. João V, e implicavam o tratamento de Excelência e o uso de uma placa de ouro no chapéu. O governo de Lisboa recusou o diploma; mas representando o alienista que o não pedia como prêmio honorífico ou distinção legítima, e somente como um meio terapêutico para um caso difícil, o governo cedeu excepcionalmente à súplica; e ainda assim não o faz sem extraordinário esforço do ministro da marinha e ultramar, que vinha a ser primo do alienado. Foi outro santo remédio.

— Realmente, é admirável! Dizia-se nas ruas, ao ver a expressão sadia e enfunada dos dois ex-dementes.

Tal era o sistema. Imagina-se o resto. Cada beleza moral ou mental era atacada no ponto em que a perfeição parecia mais sólida; e o efeito era certo. Nem sempre era certo. Casos houve em que a qualidade predominante resistia a tudo; então, o alienista atacava outra parte, aplicando à terapêutica o método da estratégia militar, que toma uma fortaleza por um ponto, se por outro o não pode conseguir.

No fim de cinco meses e meio estava vazia a Casa Verde; todos curados! O vereador Galvão tão cruelmente afligido de moderação e equidade, teve a felicidade de perder um tio; digo felicidade, porque o tio deixou um testamento ambíguo, e ele obteve uma boa interpretação, corrompendo os juízes, e embaçando os outros herdeiros. A sinceridade do alienista manifestou-se nesse lance; confessou ingenuamente que não teve parte na cura:

foi a simples *vis medicatrix*[2] da natureza. Não aconteceu o mesmo com o Padre Lopes. Sabendo o alienista que ele ignorava perfeitamente o hebraico e o grego, incumbiu-o de fazer uma análise crítica da versão dos Setenta[3]; o padre aceitou a incumbência, e em boa hora o fez; ao cabo de dois meses possuía um livro e a liberdade. Quanto à senhora do boticário, não ficou muito tempo na célula que lhe coube, e onde, aliás, lhe não faltaram carinhos.

> **2** *Vis medicatrix* é uma frase de Hipócrates que indica que a cura pode acontecer de forma natural, sem qualquer interferência medicamentosa. Hoje, é uma das formas de cura da homeopatia.
>
> **3** É uma antiga versão bíblica conhecida pela lenda sobre sua origem. Nela, setenta e dois eruditos judeus trabalharam, individualmente e separadamente, na tradução da Bíblia hebraica para o grego. Completaram a tarefa em setenta e dois dias. E o produto deles foi idêntico.
> Na história, Simão solicita ao padre uma análise crítica de uma versão da Bíblia, em idioma que ele desconhece. Considerando que o padre aceitou a incumbência, acabou por ser considerado "curado".

— Por que é que o Crispim não vem visitar-me? dizia ela todos os dias.

Respondiam-lhe ora uma coisa, ora outra; afinal disseram-lhe a verdade inteira. A digna matrona não pôde conter a indignação e a vergonha. Nas explosões da cólera escaparam-lhe expressões soltas e vagas, como estas:

— Tratante!... velhaco!... ingrato!... Um patife que tem feito casas à custa de unguentos falsificados e podres... Ah! tratante!...

Simão Bacamarte advertiu que, ainda quando não fosse verdadeira a acusação contida nestas palavras, bastavam elas para mostrar que a excelente senhora estava enfim restituída ao perfeito desequilíbrio das faculdades; e prontamente lhe deu alta.

Agora, se imaginais que o alienista ficou radiante ao ver sair o último hóspede da Casa Verde, mostrais com isso que ainda não conheceis o nosso homem. Plus ultra![4] era a sua divisa. Não lhe bastava ter descoberto a teoria verdadeira da loucura; não o contentava ter estabelecido em Itaguaí o reinado da razão. Plus ultra! Não ficou alegre, ficou preocupado, cogitativo; alguma coisa lhe dizia que a teoria nova tinha, em si mesma, outra e novíssima teoria.

Plus ultra! foi um lema adotado pela primeira vez pelo rei Carlos I da Espanha. Desde então é o lema nacional da Espanha. Significa "mais além" em latim.

"Vejamos, pensava ele; vejamos se chego enfim à última verdade."

Dizia isto, passeando ao longo da vasta sala, onde fulgurava a mais rica biblioteca dos domínios ultramarinos de Sua Majestade. Um amplo chambre de damasco, preso à cintura por um cordão de seda, com borlas de ouro (presente de uma Universidade) envolvia o corpo majestoso e austero do ilustre alienista. A cabeleira cobria-lhe uma extensa e nobre calva adquirida nas cogitações cotidianas da ciência. Os pés, não delgados e femininos, não graúdos e mariolas, mas proporcionados ao vulto, eram resguardados por um par de sapatos cujas fivelas não passavam de simples e modesto latão. Vede a diferença: — só se lhe notava luxo naquilo que era de origem científica; o que propriamente vinha dele trazia a cor da moderação e da singeleza, virtudes tão ajustadas à pessoa de um sábio.

Era assim que ele ia, o grande alienista, de um cabo a outro da vasta biblioteca, metido em si mesmo, estranho a todas as coisas que não fosse o tenebroso problema da patologia cerebral. Súbito, parou. Em pé, diante de uma janela, com o cotovelo esquerdo apoiado na mão direita, aberta, e o queixo na mão esquerda, fechada, perguntou ele a si:

— Mas deveras estariam eles doidos, e foram curados por mim, — ou o que pareceu cura não foi mais do que a descoberta do perfeito desequilíbrio do cérebro?

E cavando por aí abaixo, eis o resultado a que chegou: os cérebros bem organizados que ele acabava de curar eram desequilibrados como os outros. Sim, dizia ele consigo, eu não posso ter a pretensão de haver-lhes incutido um sentimento ou uma faculdade nova; uma e outra coisa existiam no estado latente, mas existiam.

Chegado a esta conclusão, o ilustre alienista teve duas sensações contrárias, uma de gozo, outra de abatimento. A de gozo foi por ver que, ao cabo de longas e pacientes investigações, constantes trabalhos, luta ingente com o povo, podia afirmar esta verdade: — não havia loucos em Itaguaí; Itaguaí não possuía um só mentecapto. Mas tão depressa esta ideia lhe refrescara a alma, outra apareceu que neutralizou o primeiro efeito; foi a ideia da dúvida. Pois quê! Itaguaí não possuiria um único cérebro concertado? Esta conclusão tão absoluta não seria por isso mesmo errônea, e não vinha, portanto, destruir o largo e majestoso edifício da nova doutrina psicológica?

A aflição do egrégio Simão Bacamarte é definida pelos cronistas itaguaienses como uma das mais medonhas tempestades morais que têm desabado sobre o homem. Mas as tempestades só aterram os fracos; os fortes enrijam-se contra elas e fitam o trovão. Vinte minutos depois alumiou-se a fisionomia do alienista de uma suave claridade.

"Sim, há de ser isso", pensou ele.

Isso é isto. Simão Bacamarte achou em si os característicos do perfeito equilíbrio mental e moral; pareceu-lhe que possuía a sagacidade, a paciência, a perseverança, a tolerância, a veracidade, o vigor moral, a lealdade, todas as qualidades enfim que podem formar um acabado mentecapto. Duvidou logo, é certo, e chegou mesmo a concluir que era ilusão; mas sendo homem prudente, resolveu convocar um conselho de amigos, a quem interrogou com franqueza. A opinião foi afirmativa.

— Nenhum defeito?

— Nenhum, disse em coro a assembleia.

— Nenhum vício?

— Nada.

— Tudo perfeito?

— Tudo.

— Não, impossível, bradou o alienista. Digo que não sinto em mim essa superioridade que acabo de ver definir com tanta magnificência. A simpatia é que vos faz falar. Estudo-me e nada acho que justifique os excessos da vossa bondade.

A assembleia insistiu; o alienista resistiu; finalmente o Padre Lopes explicou tudo com este conceito digno de um observador:

— Sabe a razão por que não vê as suas elevadas qualidades, que, aliás, todos nós admiramos? É porque tem ainda uma qualidade que realça as outras: — a modéstia.

Era decisivo. Simão Bacamarte curvou a cabeça, juntamente alegre e triste, e ainda mais alegre do que triste. Ato contínuo, recolheu-se à Casa Verde. Em vão a mulher e os amigos lhe disseram que ficasse, que estava perfeitamente são e equilibrado: nem rogos nem sugestões nem lágrimas o detiveram um só instante.

— A questão é científica, dizia ele; trata-se de uma doutrina nova, cujo primeiro exemplo sou eu. Reúno em mim mesmo a teoria e a prática.

— Simão! Simão! meu amor! dizia-lhe a esposa com o rosto lavado em lágrimas.

Mas o ilustre médico, com os olhos acesos da convicção científica, trancou os ouvidos à saudade da mulher, e brandamente a repeliu. Fechada a porta da Casa Verde, entregou-se ao estudo e à cura de si mesmo. Dizem os cronistas que ele morreu dali a dezessete meses, no mesmo estado em que entrou, sem ter podido alcançar nada. Alguns chegam ao ponto de conjeturar que nunca houve outro louco, além dele, em Itaguaí; mas esta opinião, fundada em um boato que correu desde que o alienista expirou, não tem outra prova, senão o boato; e boato duvidoso, pois é atribuído ao Padre Lopes, que com tanto fogo realçara as qualidades do grande homem. Seja como for, efetuou-se o enterro com muita pompa e rara solenidade.

Uma conversinha sobre o 13º capítulo:

E, então, o que vocês acharam da história? Da ironia, do humor, da criatividade de Machado de Assis?

E o que acharam da nossa Coleção? É uma experiência diferente, não é?

Fui professora por muitos anos e acho que a literatura precisava ser mediada desta forma.

Bom, mas vamos aos últimos comentários sobre este conto novela fantástico! (Ei, você sabe que novela é um texto ficcional com menos páginas do que o romance, não é? Não é novela da televisão, tá?).

É claro como Machado de Assis tenta demonstrar os perigos de um povo sem cultura, sem conhecimento, pois facilmente são manipulados por figuras carismáticas. Há décadas vemos o resultado disso. Cabe a cada um buscar informações e cultura, para poder questionar tudo que lê ou ouve. As promessas vazias políticas também são abordadas no texto. Veja que o barbeiro Porfírio, ao incitar o povo, promete acabar com a Casa Verde. Mas bastou ter acesso ao poder, para que ajustasse suas promessas aos próprios interesses. O discurso dele, após sair da casa de Simão, parece uma foto do que vemos nos noticiários.

É impressionante os caminhos da narrativa que finaliza mostrando como é fácil corromper a personalidade e a moral de uma pessoa. Lembra os métodos usados para acabar com a modéstia de um dos pacientes? E o outro que era totalmente honesto e, diante da situação da herança, tratou de tomar vantagem, com base numa interpretação dúbia da lei? Vemos isso acontecer aos montes nos tribunais de hoje em dia. Cada advogado manipula as palavras da lei ao seu gosto, e o povo precisa torcer para que o julgamento seja o melhor possível.

      Será que Simão e Machado estão certos? Será que todos nós temos sementes ruins que só esperam o momento exato para florirem? É uma grande pergunta filosófica. Entre tantas outras que Machado nos faz, nas entrelinhas deste ótimo conto!

Releitura

COMO SERIA O <u>CAPÍTULO</u> <u>UM</u> ESCRITO DE FORMA CONTEMPORÂNEA?

SOBRE COMO ITAGUAÍ GANHOU UM MANICÔMIO

As lendas da vila de Itaguaí dizem que há muitos anos um certo médico viveu lá. Ele era filho de pessoas de posse e se tornou o maior dos médicos do Brasil, de Portugal e das Espanhas. Estudara em Coimbra e Pádua. Aos trinta e quatro anos regressou ao Brasil, mesmo que o Rei de Portugal quisesse que ele ficasse em Coimbra, regendo a universidade, ou em Lisboa, expedindo os negócios da monarquia.

— A ciência — disse ele à Sua Majestade — é o único emprego que me interessa e Itaguaí é o meu lugar.

Dito isso, ficou morando em Itaguaí, e entregou-se de corpo e alma ao estudo da ciência. Lia sobre as curas e as praticava; lia teorias sobre novos remédios e os criava aplicando como pomadas.

Aos quarenta anos casou com D. Evarista da Costa e Mascarenhas, que tinha vinte e cinco anos, mas já era senhora, por ser viúva de um juiz de fora. A jovem não era bonita nem simpática. Um dos tios de Simão, um de seus familiares poderosos, não menos poderoso do que franco, ficou admirado sobre Simão ter escolhido uma mulher com essas características. Não só pensou como disse ao sobrinho, que se justificou dizendo que Evarista era jovem, de boa saúde, bons hábitos alimentares e de sono, além de trazer características físicas que o levavam a deduzir que seria perfeita para dar a ele filhos robustos, saudáveis e inteligentes. E que se além dessas qualidades, as únicas com as quais um sábio como ele deveria se preocupar, ela não tinha boas feições, ele nem pensava em se lastimar, pelo contrário, agradecia a Deus por isso, porque assim não correria o risco de deixar os estudos da ciência para ficar contemplando a mulher.

Mas D. Evarista frustrou as expectativas do Dr. Bacamarte, pois não lhe deu filhos nem robustos nem fraquinhos. Com a paciência aprendida com a ciência, Simão esperou que Evarista engravidasse em algum momento. Mas ele esperou três, quatro, até cinco anos. Só depois desse tempo, ele decidiu agir, estudando sobre o assunto, sobre o que a ciência poderia fazer para corrigir esse problema. Estudou profundamente sobre o problema, relendo escritores árabes e outros que trouxera para Itaguaí, enviou consultas às universidades italianas e alemãs, e acabou aconselhando a mulher a fazer uma dieta especial. A esposa, que se alimentava fartamente da carne de porco de Itaguaí, não obedeceu à dieta e às reclamações do esposo. Sua resistência em aceitar o "tratamento", um motivo explicável, mas condenável, é que causou a extinção do nome "Bacamarte".

Como para o nosso médico, a ciência também tinha o poder de curar as mágoas, no caso a mágoa de não ter herdeiros, ele decidiu mergulhar no estudo e na prática da medicina. Foi então que uma das especialidades lhe chamou especialmente a atenção — a psiquiatria e o exame da patologia cerebral. Não havia na colônia, e ainda no reino, um só médico especialista nessa matéria, que era mal explorada, ou sequer estudada. Simão Bacamarte compreendeu que a ciência lusitana, particularmente a brasileira, e, em conversa privada dentro de casa, apontou que estas podiam ganhar muita fama, que perduraria por gerações, como uma árvore genealógica de herdeiros. Mas se dentro de casa pensava e falava a respeito, do lado de fora mantinha a modéstia, que era recomendada aos sábios.

— A saúde da alma — bradou ele — é a ocupação mais digna do médico.

— Do verdadeiro médico — emendou Crispim Soares, boticário da vila, e um dos seus amigos e fiel bajulador.

A câmara de vereadores de Itaguaí, além de outros maus atos que as histórias contavam, também não se importavam em nada com os dementes da cidade. Por isso, todo louco mais agressivo, chamado furioso, era trancado em um quarto, na própria casa, e não era curado, pelo contrário, piorava e vivia assim até que a morte o levasse. Já os loucos que não ofereciam perigo andavam à solta pela rua. Simão Bacamarte entendeu que era seu dever mudar esse costume. Por isso, pediu à Câmara para reunir e tratar, no edifício que ia construir, todos os loucos de Itaguaí e das demais vilas e cidades, mediante um pagamento que receberia das famílias ou da Câmara, quando a família do enfermo não pudesse pagá-lo. A proposta excitou a curiosidade de toda a vila, e encontrou grande resistência, pois velhos hábitos, mesmo absurdos ou maus, são difíceis de mudar. A ideia de colocar todos os loucos na mesma casa, vivendo juntos, pareceu em si um sintoma de demência, e não faltou quem insinuasse essa teoria para a mulher do Dr. Simão.

— Olhe, D. Evarista —disse-lhe o Padre Lopes, vigário do lugar —, veja se seu marido não quer fazer uma viagem e passear no Rio de Janeiro. Isso de ficar estudando sempre, sempre, não é bom, acaba bagunçando o juízo.

D. Evarista ficou preocupada e foi falar com o marido, usando de suas armas, disse a ele "que estava com desejos", um principalmente, o de ir ao Rio de Janeiro e comer tudo o que a ele parecesse adequado ao objetivo de ficar grávida. Mas aquele médico, com a rara sagacidade que o distinguia, percebeu a intenção da esposa e respondeu-lhe sorrindo que não tivesse medo dos mexericos da cidade. Depois, foi até a Câmara, onde os vereadores debatiam a proposta, e defendeu-a com tanta eloquência, que a maioria resolveu autorizá-lo ao que pedira, votando ao mesmo tempo um imposto destinado a subsidiar o tratamento, alojamento e mantimento dos doidos que fossem pobres. A justificativa para a criação de tal imposto é que não foi fácil inventar, pois tudo estava tributado em Itaguaí. Depois de longos estudos, decidiu-se que a taxação seria nos enterros. Só permitiriam o uso de dois penachos nos cavalos dos enterros. Quem quisesse emplumar com mais penachos os cavalos de um coche mortuário pagaria dois tostões à Câmara, quantia que se multiplicaria pelas horas decorridas entre a hora do falecimento e a da última bênção na sepultura. A taxa seria tão alta que o escrivão se perdeu nos cálculos aritméticos sobre quanto dinheiro eles ganhariam com a nova taxa; e um dos vereadores, que não acreditava nesse estabelecimento inventado pelo médico, pediu que livrassem o escrivão de perder tempo com esses cálculos.

— Os cálculos não são precisos — disse ele —, porque o Dr. Bacamarte não conseguirá levar isso adiante. Vê se pode meter todos os doidos dentro da mesma casa?

Enganava-se o digno magistrado, o médico conseguiu o que queria. Assim que tomou posse da licença começou a construir a casa. Era na Rua Nova, a mais bela rua de Itaguaí naquele tempo, tinha cinquenta janelas de um lado, um pátio no centro, e numerosos cubículos para os hóspedes. Como sabia ler em árabe, achou no Corão que Maomé declarava que os doidos eram dignos de respeito, porque para eles Alá lhes tirava o juízo, para que não cometessem pecados. A ideia pareceu a Simão muito bonita e profunda, e ele mandou que a gravassem na frente da casa; mas, como tinha respeito ao vigário, e por tabela ao bispo, disse que o pensamento era do papa Benedito VIII. Por causa dessa fraude, aliás um tanto piedosa, acabou tendo que aguentar o Padre Lopes lhe contando, no almoço, sobre a vida daquele pontífice eminente.

A Casa Verde foi o nome dado ao asilo, por alusão à cor das janelas, que pela primeira vez apareciam verdes em Itaguaí. A inauguração aconteceu com imensa pompa; de todas as vilas e povoações próximas, e até remotas, e da própria cidade do Rio de Janeiro, vieram moradores para assistir às cerimônias, que duraram sete dias. Muitos dementes já estavam internados; e os parentes tiveram oportunidade de presenciar o carinho paternal e a caridade cristã com que eles eram tratados. D. Evarista, contentíssima com a fama do marido, vestiu-se luxuosamente, cobriu-se de joias, flores e roupas de sedas. Ela foi uma verdadeira rainha naqueles dias memoráveis; os moradores da cidade faziam questão de visitá-la duas ou três vezes, apesar dos costumes caseiros e recatados do século que não traziam tais hábitos. Os vizinhos não só a cortejavam como a louvavam, porque a reconheciam como a feliz esposa de uma pessoa ilustre, honrada, e isso era altamente honroso para a sociedade do tempo. Se tinham inveja dela, era a santa e nobre inveja dos admiradores.

No final dos sete dias acabaram as festas públicas, e Itaguaí tinha finalmente um manicômio.

QUIZ SOBRE

O Alienista

DE MACHADO DE ASSIS

CAPÍTULO 1

1. *Como será que Machado de Assis definiu seus personagens e cenários? Vamos relembrar!*

a)   Qual era a diferença de idade entre Simão e Evarista, quando se casaram?
b)   Evarista era solteira ou viúva quando se casou?
c)   Qual era a profissão do melhor amigo de Simão?
d)   Por que a Casa Verde recebeu essa cor?

2. *Há frases que podem soar diferentes. Será que você consegue identificar qual frase abaixo está com a interpretação incorreta?*

a)   "D. Evarista mentiu às esperanças do Dr. Bacamarte" = D. Evarista frustrou as esperanças do Dr. Bacamarte.
b)   "A vereança de Itaguaí, entre outros pecados de que é arguida pelos cronistas" = A câmara de vereadores de Itaguaí, entre outros pecados de que é acusada pelas histórias que correm na cidade.
c)   "Até que a morte o vinha defraudar do benefício da vida" = Até que a morte viesse lhe tirar o dom da vida.
d)   "Pediu licença à Câmara para agasalhar e tratar no edifício que ia construir" = Pediu permissão à Câmara para doar agasalhos aos doentes que iria tratar no edifício que ia construir.

3. *Qual imposto os vereadores criaram para patrocinar a criação da Casa Verde?*

a)   Sobre os remédios vendidos pelo boticário da vila;
b)   Sobre a carne de porco de Itaguaí;
c)   Sobre os ornamentos dos cavalos usados para os enterros;
d)   Sobre os vestidos das damas da cidade.

4. *Quais as três palavras que mais representam a história do alienista?*
a)   Itaguaí, loucura, ambição;
b)   Itaguaí, medicina, traição;
c)   Rio de Janeiro, vereadores, discordância;
d)   Coimbra, medicina, coragem;
e)   Rio de Janeiro, loucura, amizade;

5. *Qual desses personagens não parece ter nada contra a ideia da criação do hospício?*
a)   D. Evarista
b)   Crispim Soares
c)   Padre Lopes
d)   Um dos vereadores
e)   Benedito VIII

CAPÍTULO 2

1. *Na Casa Verde, foram internados alguns loucos de amor. Contudo, dois chamavam mais a atenção. Qual comportamento descrito abaixo está entre os loucos de amor?*
a)   Abria pernas e braços, dizendo que era a estrela d'alva;
b)   Ele discursava diariamente, usando de linguagem rebuscada;
c)   Ele andava por todo lugar, procurando o fim do mundo;
d)   Ele contava para as paredes, porque não gostava de olhar para as pessoas, sobre toda a sua árvore genealógica.

2. *Qual louco não é citado nesse capítulo?*
a)   O rapaz que criava um ovo;
b)   Um boiadeiro que distribuía bois para todo mundo;
c)   Um escrivão que dizia que era mordomo do rei;
d)   O homem que não falava, pois achava que no dia que falasse todas as estrelas se despregariam do céu.

CAPÍTULO 3

1. *A expressão "Quem diria nunca que meia dúzia de lunáticos..." apareceu duas vezes no capítulo. Qual frase não tem relação com nenhuma das vezes que apareceu no texto?*

a) Quem diria que eu seria trocada por meia dúzia de lunáticos;

b) Quem diria que a ciência e um monte de doidos seria mais importante do que eu;

c) Quem diria que meia dúzia de lunáticos nos trariam tanto dinheiro;

d) Quem diria que meia dúzia de lunáticos ia me impedir de ir ao Rio de Janeiro.

2. *Quem não estava na comitiva que foi para o Rio de Janeiro?*

a) D. Evarista

b) A mãe de D. Evarista

c) A esposa de Crispim

d) Um sobrinho do padre Lopes

e) Um padre de Lisboa que passava férias em Itaguaí

f) As mucamas de D. Evarista

3. *"Imagem vivaz do gênio e do vulgo!". Que frase não tem relação com essa expressão?*

a) Crispim montava uma besta enquanto Bacamarte montava um belo cavalo;

b) Crispim só olhava para o presente e para suas tristezas, enquanto Bacamarte só sonhava com o futuro;

c) Crispim não tinha posses nem importância, enquanto Bacamarte era rico e poderoso;

d) Crispim era mais amado pela esposa do que Bacamarte.

4. *Alguém que tem "mania de grandeza" pode ser chamado de:*
a) Megalomaníaco
b) Obsessivo
c) Compulsivo
d) Esquizofrênico

CAPÍTULO 4

1. *Qual adjetivo não dá para associar ao Crispim Soares?*
a) Triste
b) Apaixonado
c) Bajulador
d) Interesseiro
e) Estudioso

2. *Quais personagens célebres da história Simão concluiu que eram loucos?*

CAPÍTULO 5

1. *Que frase não pode ser associada ao Costa?*
a) Ficou rico depois de receber boa herança;
b) Fazia empréstimos a conhecidos, sem cobrar juros;
c) Recebia piparotes no nariz de quem quitava a dívida com ele;
d) Era uma pessoa de boas intenções;
e) Uma prima achava que ele tinha perdido a fortuna por conta de uma praga rogada sobre o dinheiro.

2. *O que deixou aterrorizada a população de Itaguaí?*

a) A traição de Simão, ao internar a prima do Costa, só porque o defendeu;

b) A internação de Costa;

c) Porque Crispim não revelava os planos de Simão;

d) Que Mateus, um simples albardeiro, tivesse construído uma casa maior do que a Casa Verde.

3. *Depois que D. Evarista voltou do Rio de Janeiro, os moradores de Itaguaí começaram a bajulá-la na esperança de que ela influenciasse o marido. Que frase não tem relação com o jantar de boas-vindas:*

a) D. Evarista foi o ponto central do jantar, recebendo vários elogios e paparicos;

b) Simão Bacamarte estava entediado com os galanteios do jantar;

c) Martim Brito bajulou D. Evarista, dizendo que depois do homem e da mulher, Deus se superou criando D. Evarista;

d) Simão tirou satisfações com Martim Brito por estar paquerando sua esposa. Por isso, o trancou na Casa Verde.

4. *Quem tentou fugir de Itaguaí quando achou que Simão estava de olho nele?*

5. *Qual personagem deu início à rebelião contra a Casa Verde?*
a) Gil Bernardes
b) Porfírio
c) Coelho
d) Padre Lopes

CAPÍTULOS 6 E 7

1. *Será que você consegue indicar qual(is) momentos não aconteceu(ram) na Revolta dos Canjicas?*

a)   Simão Bacamarte enviou um ofício à Câmara de vereadores, desistindo do pagamento votado pela Câmara, e avisando que não receberia mais pagamento dos familiares dos enfermos;

b)   O barbeiro Porfírio e cerca de trezentos moradores redigiram e levaram uma representação à Câmara de vereadores, que rejeitou votar o assunto;

c)   Sebastião Freitas, um dos vereadores, decidiu apoiar a rebelião;

d)   Trezentas pessoas faziam parte da Revolta dos Canjicas, e marcharam na direção da Casa Verde, pedindo a destruição do lugar;

e)   D. Evarista foi avisada de que um grupo gritava na rua que queria a morte de Bacamarte;

f)   Simão Bacamarte discursou dizendo que não devia satisfação de seus atos, como médico, porque os revoltosos não conheciam a ciência;

g)   Um corpo de soldados avançou sobre as pessoas da rebelião;

h)   Quando a primeira pessoa foi morta, metade dos dragões passou para o lado da rebelião;

i)   O capitão declarou-se vencido e entregou a espada ao barbeiro Porfírio;

j)   A multidão, com Porfírio à frente, marchou na direção da câmara de vereadores;

k)   Sebastião Freitas propôs que eles votassem um mês de salário de bônus para os soldados;

l)   A câmara lutou contra a multidão, mas perdeu a batalha. Os vereadores fugiram;

m)   Porfírio assume o governo.

CAPÍTULO 8

1. *Machado de Assis mostra com detalhes, neste capítulo, o caráter de Crispim Soares. Qual frase não corresponde à descrição de Machado?*

a) Durante a Revolução dos Canjicas, ele teve uma crise de consciência, entre apoiar o amigo Simão ou ficar ao lado de quem vencesse;

b) Ele desconsidera os conselhos da esposa, de ficar ao lado do amigo, se justificando que Simão estava derrotado e ninguém se amarra a um cadáver;

c) Sabendo que o barbeiro Porfírio se dirigia à casa de Simão, achou que este seria preso, então decidiu sair da cama e dar apoio ao amigo médico;

d) Crispim decidiu fingir que estava doente para não ter que tomar partido de um lado ou de outro.

CAPÍTULO 9

1. *Qual a verdadeira intenção do barbeiro Porfírio ao ir à casa de Simão?*

a) Prendê-lo;

b) Avisar que destruiria a Casa Verde;

c) Avisar que era o novo governo de Itaguaí;

d) Fazer um acordo que desse satisfação ao público e que deixasse Porfírio usufruir do poder e apoio de Simão junto ao reino.

2. *Há uma grande curiosidade nessa história. Muitos escritores possuem ligações fortes com alguns números, e o usam com frequência. Em "O Alienista" é frequente aparecer o número 25. Será que você lembra de todos os casos? Qual dessas situações não está atrelada ao referido número?*

a) Número de vereadores da câmara;

b)   Idade de D. Evarista quando se casou;

c)   Número de feridos da Revolução dos Canjicas;

d)   Idade de Falcão, o rapaz que pensava ser estrela d'alva, e de Martim Brito, o rapaz que declamou uma poesia no jantar em homenagem à D. Evarista.

CAPÍTULO 10

1. *É um troca-troca de poder nessa história! Qual era a profissão de João Pina, que deu o golpe e assumiu o poder no lugar de Porfírio?*

a)   Barbeiro

b)   Boticário

c)   Médico

d)   Albardeiro

2. *Eu já perdi as contas de toda a gente que foi recolhida à Casa Verde! E você consegue me dizer dos nomes abaixo quem não foi internado, até esse capítulo?*

a)   O vereador Sebastião Freitas

b)   Padre Lopes

c)   D. Evarista

d)   O barbeiro Porfírio

e)   O presidente da câmara de vereadores

3. *Ninguém tem dúvida que o verdadeiro louco era Simão, não é? Mas seguindo a história, conseguem identificar que tipo de comportamento não foi, até este capítulo, considerado loucura pelo alienista?*

a)   Quem tinha declarado apoio à Revolução dos Canjicas;

b)   Os mentirosos;

c)   Os fofoqueiros que falavam da vida alheia;

d)   As moças que namoravam um rapaz durante muito tempo.

CAPÍTULO 11

1. *Esse capítulo é um assombro mesmo! Interpretar um documento oficial não é tarefa fácil. Mas sei que você conseguiu entender o ofício que Bacamarte enviou para a câmara dos vereadores. Consegue apontar qual descrição é falsa sobre o que ele escreveu no ofício?*

a) Pelas estatísticas de internados, havia 1/5 de moradores dentro da Casa Verde;

b) Mediante as estatísticas, ele havia repensado sobre a teoria das moléstias cerebrais;

c) Anteriormente ele pensava que as pessoas sãs eram aquelas que fossem perfeitamente equilibradas, e agora pensava que era ao contrário;

d) Declarou que ia dar liberdade a todos que estavam internados na Casa Verde, e prender lá todos que estavam soltos;

e) Declarou que iria devolver aos cofres públicos todos os pagamentos que recebeu pelos internados, descontando apenas o que gastou com alimentação, roupas e outras despesas.

CAPÍTULO 12

1. *As pessoas mais improváveis foram capturadas e colocadas na Casa Verde! Que loucura! Consegue identificar das pessoas abaixo quem não foi capturada, mas solta?*

a) Padre Lopes
b) A mulher do boticário
c) Crispim Soares
d) O vereador Galvão

2. *Teve um personagem que foi solto depois do ofício de Bacamarte, mas voltou a ser preso, porque não aceitou transgredir as leis. Lembra quem foi?*
a)   D. Evarista
b)   O vereador Sebastião Freitas
c)   Crispim Soares
d)   O barbeiro Porfírio

CAPÍTULO 13

1. *Simão fazia de tudo para "curar" os novos internados. Qual desses remédios não correspondia às teorias de cura?*
a)   Despertava o exibicionismo naqueles que eram modestos;
b)   Despertava agir com trapaça naqueles que eram justos;
c)   Despertava a raiva naqueles que eram calmos e pacientes;
d)   Despertava o sofrimento naqueles que eram indiferentes às dores.

2. *Simão chegou a algumas conclusões que dão o desfecho dessa novela. Qual dessas conclusões não está atrelada à conclusão dessa história?*
a)   Mesmo com acusações infundadas, a mulher de Crispim demonstrava não ser louca;
b)   Não havia loucos em Itaguaí;
c)   Ele não curou nenhum morador em Itaguaí, porque mesmo os mais equilibrados tinham no íntimo algum desequilíbrio de caráter;
d)   O único louco que possuía perfeito equilíbrio mental, paciência, perseverança, tolerância, lealdade era ele próprio: o alienista.

RESPOSTAS:
CAPÍTULO 1
a) 15 anos
b) viúva de um juiz de fora
c) boticário
d) em virtude da cor de suas janelas, as primeiras janelas verdes de Itaguaí

2 – d)
3 – c)
4 – a)
5 – b)

CAPÍTULO 2
1 – a) e c)
2 – a)

CAPÍTULO 3
1 – d)
2 – b) e d)
3 – d)
4 – a)

CAPÍTULO 4
1 – e)
2 – Sócrates, Pascal, Maomé, Caracala, Domiciano, Calígula.

CAPÍTULO 5
1 – c)
2 – a)
3 – d)
4 – Gil Bernardes
5 – b)

CAPÍTULOS 6 e 7
1 – b) e h) e l)

CAPÍTULO 8
1 – c)

CAPÍTULO 9
1 – d)
2 – a)

CAPÍTULO 10
1 – a)
2 – b)
3 – d)

CAPÍTULO 11
1 – a)

CAPÍTULO 12
1 – c)
2 – d)

CAPÍTULO 13
1 – d)
2 – a)

A Cartomante

MACHADO DE ASSIS

(Conto originalmente incluído no livro *Várias histórias*)

Bate-papo sobre o enredo:

Você acredita em previsão? Horóscopo? Vidente? Cartomante? Cigana? Há uma expressão de origem castelhana que diz *"No creo en brujas, pero que las hay, las hay"*, cuja tradução livre é "Não creio em bruxas, mas que elas existem, elas existem". Esta frase engraçada representa nosso lado cético quanto a coisas não explicáveis. Machado aborda este tema duplamente: pela crença popular em previsões do futuro (caso de cartomantes e videntes) e pela crença religiosa.

Mas não são só as crenças que são tema deste conto. É também a consciência e os caminhos tortuosos por onde nossos pensamentos e medos podem nos levar. Quantas vezes imaginamos uma situação que só aconteceu ou está acontecendo na nossa cabeça? Ao confrontarmos a realidade, descobrimos que era apenas um medo, uma insegurança fruto da nossa imaginação, ou até mesmo confirmar nossos receios. Por outro lado, é preciso alinhar nossos atos a nossa consciência. Temática psicológica e de comportamento tipicamente machadiana. Precisamos ter a mente e o coração calmos para distinguir os medos reais dos medos imaginários, e, então, usarmos as armas certas para nos defender.

Mas é possível aproveitar outras características desse conto e da prosa de Machado de Assis, entre elas os mistérios, as soluções não apresentadas, para atiçar a curiosidade e a interpretação do leitor, o narrador isento de julgamento.

Vamos ver qual é a história de Vilela, Camilo e Rita. Ah, claro, e da cartomante!

Glossário

Avara = avarenta, mesquinha.
Banca = coletivo de advogados. Pode representar também um escritório de advocacia.
Caleça de praça = carruagem de uso público, como se fosse o táxi nos dias de hoje.
Comprovinciana = que é da mesma província.
Cuido que ele ia falar = Penso que ele ia falar (que ia dizer algo);.
Descurada = descuidada, desleixada.
Deveras = enfatiza o que é verdadeiro, de fato.
Entestar = ficar de frente.
Exortação = conselho, advertência.
Fazendo ele anos = fazendo aniversário.
Fustigar = estimular, incitar.
Fuzilar = (no contexto deste texto) brilhar.
Magistrado = que é membro do Poder Judiciário (Promotores, Procuradores, Juízes, Desembargadores etc.).
Obséquio = favores, gentilezas, atenções.
Reboar = ecoar com força, retumbar.
Sufrágios = votos.
Tílburi = carruagem de duas rodas, com uma pequena capota, puxada por um cavalo.

A Cartomante

Hamlet[1] observa a Horácio que há mais coisas no céu e na terra do que sonha a nossa filosofia[2]. Era a mesma explicação que dava a bela Rita ao moço Camilo, numa sexta-feira de novembro de 1869, quando este ria dela por ter ido na véspera consultar uma cartomante; a diferença é que o fazia por outras palavras.

> 1 Hamlet é uma peça de William Shakespeare, escrita entre 1599 e 1601, que conta a história de um príncipe da Dinamarca que busca se vingar da morte do pai, a pedido de seu fantasma. O pai foi morto por Cláudio, seu próprio irmão.
> Horácio, um sentinela e grande amigo do Príncipe Hamlet, é uma das pessoas que avista o fantasma do Rei morto.
> "Há mais coisas no céu e na terra do que sonha a nossa filosofia" é uma frase dita por Hamlet para Horácio. 2

— Ria, ria. Os homens são assim; não acreditam em nada. Pois saiba que fui, e que ela adivinhou o motivo da consulta, antes mesmo que eu lhe dissesse o que era. Apenas começou a botar as cartas, disse-me: "A senhora gosta de uma pessoa...". Confessei que sim, e então ela continuou a botar as cartas, combinou-as, e no fim declarou-me que eu tinha medo de que você me esquecesse, mas que não era verdade...

— Errou! interrompeu Camilo, rindo³.

> **3** Reparem que o texto de Machado de Assis não usa travessão para separar o diálogo da intervenção do narrador.
> Por outro lado, percebam como Camilo brinca com a "adivinhação" da cartomante. Ele, provavelmente, percebe o mesmo que nós. As afirmações da cartomante foram muito vagas, e poderiam ser associadas a qualquer pessoa, e até mesmo serem influenciadas por alguma demonstração de aflição de Rita.

— Não diga isso, Camilo. Se você soubesse como eu tenho andado, por sua causa. Você sabe; já lhe disse. Não ria de mim, não ria...

Camilo pegou-lhe nas mãos, e olhou para ela sério e fixo. Jurou que lhe queria muito, que os seus sustos pareciam de criança; em todo o caso, quando tivesse algum receio, a melhor cartomante era ele mesmo. Depois, repreendeu-a; disse-lhe que era imprudente andar por essas casas. Vilela podia sabê-lo, e depois...

— Qual saber! tive muita cautela ao entrar na casa.

— Onde é a casa?

— Aqui perto, na Rua da Guarda Velha⁴; não passava ninguém nessa ocasião. Descansa; eu não sou maluca.

Camilo riu outra vez:

— Tu crês deveras nessas coisas? perguntou-lhe.

Foi então que ela, sem saber que traduzia Hamlet em vulgar, disse-lhe que havia muita coisa misteriosa e verdadeira neste mundo. Se ele não acreditava, paciência; mas o certo é que a cartomante adivinhara tudo. Que mais? A prova é que ela agora estava tranquila e satisfeita.

Cuido que ele ia falar, mas reprimiu-se. Não queria arrancar-lhe as ilusões. Também ele, em criança, e ainda depois, foi supersticioso, teve um arsenal inteiro de crendices, que a mãe lhe incutiu e que aos vinte anos desapareceram. No dia em que deixou cair toda essa vegetação parasita[5], e ficou só o tronco da religião, ele, como tivesse recebido da mãe ambos os ensinos, envolveu-os na mesma dúvida, e logo depois em uma só negação total[6]. Camilo não acreditava em nada. Por quê? Não poderia dizê-lo, não possuía um só argumento: limitava-se a negar tudo. E digo mal, porque negar é ainda afirmar, e ele não formulava a incredulidade; diante do mistério, contentou-se em levantar os ombros, e foi andando.

4 Curiosidade: Rua da Guarda da Velha é a atual Av. Treze de Maio, no Centro do Rio de Janeiro.

5 Vegetação parasita (aqui usada como metáfora) = vegetações que ficam perto de outras para retirar destas os meios para sua sobrevivência. Exemplo: pequenas plantas que nascem nos troncos das árvores. Machado compara as crendices que se apoiam na religião (tronco) a essas plantas oportunistas.

6 Logo depois de parar de acreditar nas crendices e superstições, passou a duvidar também da religião e negou a existência da base religiosa.

Separaram-se contentes, ele ainda mais que ela. Rita estava certa de ser amada; Camilo, não só o estava, mas a via estremecer e arriscar-se por ele, correr às cartomantes, e, por mais que a repreendesse, não podia deixar de sentir-se lisonjeado. A casa do encontro era na antiga Rua dos Barbonos[7], onde morava uma comprovinciana de Rita. Esta desceu pela Rua das Mangueiras, na direção de Botafogo, onde residia; Camilo desceu pela da Guarda Velha, olhando de passagem para a casa da cartomante.

> Rua dos Barbonos é a Rua Evaristo da Veiga. Na internet é possível ver o mapa com o nome das ruas da época.

7

Vilela, Camilo e Rita, três nomes, uma aventura e nenhuma explicação das origens. Vamos a ela. Os dois primeiros eram amigos de infância. Vilela seguiu a carreira de magistrado. Camilo entrou no funcionalismo, contra a vontade do pai, que queria vê-lo médico; mas o pai morreu, e Camilo preferiu não ser nada, até que a mãe lhe arranjou um emprego público. No princípio de 1869, voltou Vilela da província, onde casara com uma dama formosa e tonta; abandonou a magistratura e veio abrir banca de advogado. Camilo arranjou-lhe casa para os lados de Botafogo, e foi a bordo recebê-lo.

— É o senhor? exclamou Rita, estendendo-lhe a mão. Não imagina como meu marido é seu amigo, falava sempre do senhor.

Camilo e Vilela olharam-se com ternura. Eram amigos deveras.

Depois, Camilo confessou de si para si que a mulher do Vilela não desmentia as cartas do marido. Realmente, era graciosa e viva nos gestos, olhos cálidos, boca fina e interrogativa. Era um pouco mais velha que ambos: contava trinta anos, Vilela vinte e nove e Camilo vinte e seis. Entretanto, o porte grave de Vilela fazia-o parecer mais velho que a mulher, enquanto Camilo era um ingênuo na vida moral e prática. Faltava-lhe tanto a ação do tempo, como os óculos de cristal, que a natureza põe no berço de alguns para adiantar os anos. Nem experiência, nem intuição.

Uniram-se os três. Convivência trouxe intimidade. Pouco depois morreu a mãe de Camilo, e nesse desastre, que o foi, os dois mostraram-se grandes amigos dele. Vilela cuidou do enterro, dos sufrágios e do inventário; Rita tratou especialmente do coração, e ninguém o faria melhor.

Como daí chegaram ao amor, não o soube ele nunca. A verdade é que gostava de passar as horas ao lado dela, era a sua enfermeira moral, quase uma irmã, mas principalmente era mulher e bonita. *Odor di femmina:* eis o que ele aspirava nela, e em volta dela, para incorporá-lo em si próprio. Liam os mesmos livros, iam juntos a teatros e passeios. Camilo ensinou-lhe as damas e o xadrez e jogavam às noites; — ela mal, — ele, para lhe ser agradável, pouco menos mal. Até aí as coisas. Agora a ação da pessoa, os olhos teimosos[8] de Rita, que procuravam muitas vezes os dele, que os consultavam antes de o fazer ao marido, as mãos frias, as atitudes insólitas. Um dia, fazendo ele anos, recebeu de Vilela uma rica bengala de presente, e de Rita apenas um cartão com um vulgar cumprimento a lápis, e foi então que ele pôde ler no próprio coração, não conseguia arrancar os olhos do bilhetinho. Palavras vulgares; mas há vulgaridades sublimes, ou, pelo menos, deleitosas. A velha caleça de praça, em que pela primeira vez passeaste com a mulher amada, fechadinhos ambos, vale o carro de Apolo[9]. Assim é o homem, assim são as coisas que o cercam.

[8] Assim como em *Dom Casmurro*, Machado explora o significado dos olhos de suas personagens. E tão igual quanto aqui também um triângulo amoroso envolvendo amigos de infância, assim como Bentinho, Capitu e Escobar.

[9] Apolo é um personagem da mitologia grega, filho de Zeus. Uma de suas tarefas era usar seu carro de quatro cavalos para mover o sol pelo céu. Curiosamente, se por um lado era conhecido como o deus da cura e da medicina, suas flechas podiam trazer doenças. Uma metáfora para a relação de Camilo.

Camilo quis sinceramente fugir, mas já não pôde. Rita, como uma serpente, foi-se acercando dele, envolveu-o todo, fez-lhe estalar os ossos num espasmo, e pingou-lhe o veneno na boca. Ele ficou atordoado e subjugado. Vexame, sustos, remorsos, desejos, tudo sentiu de mistura; mas a batalha foi curta e a vitória delirante. Adeus, escrúpulos! Não tardou que o sapato se acomodasse ao pé, e aí foram ambos, estrada fora, braços dados, pisando folgadamente por cima de ervas e pedregulhos, sem padecer nada mais que algumas saudades, quando estavam ausentes um do outro. A confiança e estima de Vilela continuavam a ser as mesmas.

Um dia, porém, recebeu Camilo uma carta anônima, que lhe chamava imoral e pérfido, e dizia que a aventura era sabida de todos. Camilo teve medo, e, para desviar as suspeitas, começou a rarear as visitas à casa de Vilela. Este notou-lhe as ausências. Camilo respondeu que o motivo era uma paixão frívola de rapaz. Candura gerou astúcia. As ausências prolongaram-se, e as visitas cessaram inteiramente. Pode ser que entrasse também nisso um pouco de amor-próprio, uma intenção de diminuir os obséquios do marido, para tornar menos dura a aleivosia[10] do ato.

> **10** Aleivosia é uma traição ou crime cometido a partir de falsas demonstrações de amizade.

Foi por esse tempo que Rita, desconfiada e medrosa, correu à cartomante para consultá-la sobre a verdadeira causa do procedimento de Camilo. Vimos que a cartomante restituiu-lhe a confiança, e que o rapaz repreendeu-a por ter feito o que fez. Correram ainda algumas semanas. Camilo recebeu mais duas ou três cartas anônimas, tão apaixonadas, que não podiam ser advertência da virtude, mas despeito de algum pretendente; tal foi a opinião de Rita, que, por outras palavras mal compostas, formulou este pensamento: — a virtude é preguiçosa e avara, não gasta tempo nem papel; só o interesse é ativo e pródigo.

Nem por isso Camilo ficou mais sossegado; temia que o anônimo fosse ter com Vilela, e a catástrofe viria então sem remédio. Rita concordou que era possível.

— Bem, disse ela; eu levo os sobrescritos para comparar a letra com as das cartas que lá aparecerem; se alguma for igual, guardo-a e rasgo-a...

Nenhuma apareceu; mas daí a algum tempo Vilela começou a mostrar-se sombrio, falando pouco, como desconfiado[11]. Rita deu-se pressa em dizê-lo ao outro, e sobre isso deliberaram. A opinião dela é que Camilo devia tornar à casa deles, tatear o marido, e pode ser até que lhe ouvisse a confidência de algum negócio particular. Camilo divergia; aparecer depois de tantos meses era confirmar a suspeita ou denúncia. Mais valia acautelarem-se, sacrificando-se por algumas semanas. Combinaram os meios de se corresponderem, em caso de necessidade, e separaram-se com lágrimas.

> Reparem que o narrador induz o leitor a pensar que Vilela descobriu algo, mas isso não é afirmado. Caso tenha descoberto, nós, leitores, podemos brincar de detetives. Eu deixo duas pistas: a amiga de Rita que morava na mesma rua da casa onde ela se encontrava com Camilo; e a carta anônima que Rita levou para casa. **11**

No dia seguinte, estando na repartição, recebeu Camilo este bilhete de Vilela: "Vem já, já, à nossa casa; preciso falar-te sem demora". Era mais de meio-dia. Camilo saiu logo; na rua, advertiu que teria sido mais natural chamá-lo ao escritório; por que em casa? Tudo indicava matéria especial, e a letra, fosse realidade ou ilusão, afigurou-se-lhe trêmula. Ele combinou todas essas coisas com a notícia da véspera.

— Vem já, já, à nossa casa; preciso falar-te sem demora, — repetia ele com os olhos no papel.

Imaginariamente, viu a ponta da orelha de um drama, Rita subjugada e lacrimosa, Vilela indignado, pegando da pena e escrevendo o bilhete, certo de que ele acudiria, e esperando-o para matá-lo. Camilo estremeceu, tinha medo: depois sorriu amarelo, e em todo caso repugnava-lhe a ideia de recuar, e foi andando. De caminho, lembrou-se de ir a casa; podia achar algum recado de Rita, que lhe explicasse tudo. Não achou nada, nem ninguém. Voltou à rua, e a ideia de estarem descobertos parecia-lhe cada vez mais verossímil; era natural uma denúncia anônima, até da própria pessoa que o ameaçara antes; podia ser que Vilela conhecesse agora tudo. A mesma suspensão das suas visitas, sem motivo aparente, apenas com um pretexto fútil, viria confirmar o resto.

Camilo ia andando inquieto e nervoso. Não relia o bilhete, mas as palavras estavam decoradas, diante dos olhos, fixas; ou então, — o que era ainda pior, — eram-lhe murmuradas ao ouvido, com a própria voz de Vilela. "Vem já, já, à nossa casa; preciso falar-te sem demora." Ditas assim, pela voz do outro, tinham um tom de mistério e ameaça. Vem, já, já, para quê? Era perto de uma hora da tarde. A comoção crescia de minuto a minuto. Tanto imaginou o que se iria passar, que chegou a crê-lo e vê-lo. Positivamente, tinha medo. Entrou a cogitar em ir armado, considerando que, se nada houvesse, nada perdia, e a precaução era útil. Logo depois rejeitava a ideia, vexado de si mesmo, e seguia, picando o passo, na direção do Largo da Carioca, para entrar num tílburi. Chegou, entrou e mandou seguir a trote largo.

"Quanto antes, melhor, pensou ele; não posso estar assim..."

Mas o mesmo trote do cavalo veio agravar-lhe a comoção. O tempo voava, e ele não tardaria a entestar com o perigo. Quase no fim da Rua da Guarda Velha, o tílburi teve de parar, a rua estava atravancada com uma carroça, que caíra. Camilo, em si mesmo, estimou o obstáculo, e esperou. No fim de cinco minutos, reparou que ao lado, à esquerda, ao pé do tílburi, ficava a casa da cartomante, a quem Rita consultara uma vez, e nunca ele desejou tanto crer na lição das cartas. Olhou, viu as janelas fechadas, quando todas as outras estavam abertas e pejadas de curiosos do incidente da rua. Dir-se-ia a morada do indiferente Destino.

Camilo reclinou-se no tílburi, para não ver nada. A agitação dele era grande, extraordinária, e do fundo das camadas morais emergiam alguns fantasmas de outro tempo, as velhas crenças, as superstições antigas. O cocheiro propôs-lhe voltar à primeira travessa, e ir por outro caminho: ele respondeu que não, que esperasse. E inclinava-se para fitar a casa... Depois fez um gesto incrédulo: era a ideia de ouvir a cartomante, que lhe passava ao longe, muito longe, com vastas asas cinzentas; desapareceu, reapareceu, e tornou a esvair-se no cérebro; mas daí a pouco moveu outra vez as asas, mais perto, fazendo uns giros concêntricos... Na rua, gritavam os homens, safando a carroça:

— Anda! agora! empurra! vá! vá!

Daí a pouco estaria removido o obstáculo. Camilo fechava os olhos, pensava em outras coisas; mas a voz do marido sussurrava-lhe a orelhas as palavras da carta: "Vem, já, já...". E ele via as contorções do drama e tremia. A casa olhava para ele. As pernas queriam descer e entrar... Camilo achou-se diante de um longo véu opaco... pensou rapidamente no inexplicável de tantas coisas. A voz da mãe repetia-lhe uma porção de casos extraordinários: e a mesma frase do príncipe de Dinamarca reboava-lhe dentro: "Há mais coisas no céu e na terra do que sonha a filosofia..." Que perdia ele, se...?

Deu por si na calçada, ao pé da porta: disse ao cocheiro que esperasse, e rápido enfiou pelo corredor, e subiu a escada. A luz era pouca, os degraus comidos dos pés, o corrimão pegajoso; mas ele não viu nem sentiu nada. Trepou e bateu. Não aparecendo ninguém, teve ideia de descer; mas era tarde, a curiosidade fustigava-lhe o sangue, as fontes latejavam-lhe; ele tornou a bater uma, duas, três pancadas. Veio uma mulher; era a cartomante. Camilo disse que ia consultá-la, ela fê-lo entrar. Dali subiram ao sótão, por uma escada ainda pior que a primeira e mais escura. Em cima, havia uma salinha, mal alumiada por uma janela, que dava para o telhado dos fundos. Velhos trastes, paredes sombrias, um ar de pobreza, que antes aumentava do que destruía o prestígio.

A cartomante fê-lo sentar diante da mesa, e sentou-se do lado oposto, com as costas para a janela, de maneira que a pouca luz de fora batia em cheio no rosto de Camilo. Abriu uma gaveta e tirou um baralho de cartas compridas e enxovalhadas. Enquanto as baralhava, rapidamente, olhava para ele, não de rosto, mas por baixo dos olhos. Era uma mulher de quarenta anos, italiana, morena e magra, com grandes olhos sonsos e agudos[12]. Voltou três cartas sobre a mesa, e disse-lhe:

— Vejamos primeiro o que é que o traz aqui. O senhor tem um grande susto... Camilo, maravilhado, fez um gesto afirmativo.

— E quer saber, continuou ela, se lhe acontecerá alguma coisa ou não...

— A mim e a ela, explicou vivamente ele.

A cartomante não sorriu: disse-lhe só que esperasse. Rápido pegou outra vez das cartas e baralhou-as, com os longos dedos finos, de unhas descuradas; baralhou-as bem, transpôs os maços, uma, duas, três vezes; depois começou a estendê-las. Camilo tinha os olhos nela curioso e ansioso.

— As cartas dizem-me...

Camilo inclinou-se para beber uma a uma as palavras. Então ela declarou-lhe que não tivesse medo de nada. Nada aconteceria nem a um nem a outro; ele, o terceiro, ignorava tudo. Não obstante, era indispensável muita cautela: ferviam invejas e despeitos. Falou-lhe do amor que os ligava, da beleza de Rita... Camilo estava deslumbrado. A cartomante acabou, recolheu as cartas e fechou-as na gaveta.

— A senhora restituiu-me a paz ao espírito, disse ele estendendo a mão por cima da mesa e apertando a da cartomante.

Esta levantou-se, rindo.

— Vá, disse ela; vá, *ragazzo innamorato*...

E de pé, com o dedo indicador, tocou-lhe na testa. Camilo estremeceu, como se fosse a mão da própria sibila[13], e levantou-se também. A cartomante foi à cômoda, sobre a qual estava um prato com passas, tirou um cacho destas, começou a despencá-las e comê-las, mostrando duas fileiras de dentes que desmentiam as unhas. Nessa mesma ação comum, a mulher tinha um ar particular. Camilo, ansioso por sair, não sabia como pagasse; ignorava o preço.

— Passas custam dinheiro, disse ele afinal, tirando a carteira. Quantas quer mandar buscar?

— Pergunte ao seu coração, respondeu ela.

12 Mais uma vez Machado de Assis usa a descrição do olhar da cartomante para insinuar sobre sua personalidade.

13 Mulheres que tinham o dom da profecia; bruxa, feiticeira. Profetisas na Antiga Roma.

Camilo tirou uma nota de dez mil-réis, e deu-lha. Os olhos da cartomante fuzilaram. O preço usual era dois mil-réis.

— Vejo bem que o senhor gosta muito dela... E faz bem; ela gosta muito do senhor. Vá, vá, tranquilo. Olhe a escada, é escura; ponha o chapéu...

A cartomante tinha já guardado a nota na algibeira, e descia com ele, falando, com um leve sotaque. Camilo despediu-se dela embaixo, e desceu a escada que levava à rua, enquanto a cartomante, alegre com a paga, tornava acima, cantarolando uma barcarola. Camilo achou o tílburi esperando; a rua estava livre. Entrou e seguiu a trote largo.

Tudo lhe parecia agora melhor, as outras coisas traziam outro aspecto, o céu estava límpido e as caras joviais. Chegou a rir dos seus receios, que chamou pueris; recordou os termos da carta de Vilela e reconheceu que eram íntimos e familiares. Onde é que ele lhe descobrira a ameaça? Advertiu também que eram urgentes, e que fizera mal em demorar-se tanto; podia ser algum negócio grave e gravíssimo.

— Vamos, vamos depressa, repetia ele ao cocheiro.

E consigo, para explicar a demora ao amigo, engenhou qualquer coisa; parece que formou também o plano de aproveitar o incidente para tornar à antiga assiduidade... De volta com os planos, reboavam-lhe na alma as palavras da cartomante. Em verdade, ela adivinhara o objeto da consulta, o estado dele, a existência de um terceiro; por que não adivinharia o resto? O presente que se ignora vale o futuro. Era assim, lentas e contínuas, que as velhas crenças do rapaz iam tornando ao de cima, e o mistério empolgava-o com as unhas de ferro. Às vezes queria rir, e ria de si mesmo, algo vexado; mas a mulher, as cartas, as palavras secas e afirmativas, a exortação: — Vá, vá, *ragazzo innamorato*; e no fim, ao longe, a barcarola da despedida, lenta e graciosa, tais eram os elementos recentes, que formavam, com os antigos, uma fé nova e vivaz.

A verdade é que o coração ia alegre e impaciente, pensando nas horas felizes de outrora e nas que haviam de vir. Ao passar pela Glória, Camilo olhou para o mar, estendeu os olhos para fora, até onde a água e o céu dão um abraço infinito, e teve assim uma sensação do futuro, longo, longo, interminável.

Daí a pouco chegou à casa de Vilela. Apeou-se, empurrou a porta de ferro do jardim e entrou. A casa estava silenciosa. Subiu os seis degraus de pedra, e mal teve tempo de bater, a porta abriu-se, e apareceu-lhe Vilela.

— Desculpa, não pude vir mais cedo; que há?

Vilela não lhe respondeu; tinha as feições decompostas; fez-lhe sinal, e foram para uma saleta interior. Entrando, Camilo não pôde sufocar um grito de terror: — ao fundo sobre o canapé, estava Rita morta e ensanguentada. Vilela pegou-o pela gola, e, com dois tiros de revólver, estirou-o morto no chão.

Um bate-papo após a leitura:

Nossa, que final terrível! Você anteviu que iria acontecer isso? O início do conto vai apresentando aos poucos a relação dos três protagonistas e da traição dupla: a traição da esposa e do amigo.

Naquela época era comum o homem "lavar a honra", porque a mulher era tratada como objeto. Então, um crime como esse passava em branco. O caráter de Camilo e de Rita é desenhado de forma negativa – característica que Machado de Assis usa também para Escobar e Capitu em *Dom Casmurro*. Se o narrador deste conto não julga nem um nem outro, não seremos nós a fazermos isso. O mais importante é que, independente do caráter, nada justifica a violência.

Como se fosse um conto policial, Machado nos dá várias pistas. Há cartas anônimas, ele mesmo criou um distanciamento com o amigo, a chamada de Vilela à sua casa. Mas tentando fugir da realidade, de enfrentar seus erros, Camilo prefere aceitar as palavras da cartomante que, nitidamente, manipula o que diz para ele. Contudo, sobram perguntas: quem contou para Vilela? De quem eram as cartas anônimas? Será que seria o próprio Vilela, criando este pavor no ex-amigo, antes de dar o desfecho planejado? Será que a própria cartomante estaria envolvida na revelação deste triângulo, não de forma sobrenatural?

Nesse conto, Machado de Assis faz questão de colocar a cidade como personagem também. Ele aprecia dar ao leitor detalhes dos lugares percorridos pelos personagens. E, para quem mora na mesma cidade (Rio de Janeiro), gera automaticamente a curiosidade em descobrir que ruas atuais correspondem aos logradouros antigos.

QUIZ SOBRE

DE MACHADO DE ASSIS

PERGUNTAS

1. Quem cita Hamlet, no início do conto?

a) Rita

b) Camilo

c) Vilela

d) O narrador

2. Há um triângulo amoroso entre Vilela, Rita e Camilo. Qual relação entre eles é falsa?

a) Rita era amante de Camilo antes de se casar com Vilela

b) Vilela e Camilo eram amigos de infância

c) Camilo foi que indicou a casa de Botafogo para Vilela e a esposa morarem

d) Rita era mais velha do que Vilela e Camilo

3. Há algumas frases com toques de humor e ironia que o narrador usa para falar sobre as tentativas de Camilo de resistir à Rita. Qual frase não tem relação com o descrito?

a) Rita como uma serpente, foi-se acelerando dele, envolveu-o todo, fez-lhe estalar os ossos num espasmo, e pingou-lhe o veneno na boca.

b) Camilo confessou de si para si que a mulher do Vilela não desmentia as cartas do marido;

c) Vexames, sustos, remorsos, desejos, tudo sentiu de mistura; mas a batalha foi curta e a vitória delirante;

d) Não tardou que o sapato se acomodasse ao pé.

4. *Quem é o primeiro personagem que procura a cartomante?*
a) Rita
b) Camilo
c) Vilela
d) Vizinha de Rita

5. *Consegue assinalar, entre as opções abaixo, qual não foi apresentada nas cartas anônimas?*
a) A carta chamava Camilo de imoral
b) Quem assinava dizia saber do caso de Camilo e Rita
c) Quem assinava dizia que já tinha contado para Vilela
d) As cartas tinham sido escritas à mão

6. *Machado de Assis assinala algumas características da cartomante, para que o leitor possa fazer seu julgamento, se quiser. Qual dessas características ele não cita?*
a) Era uma mulher de quarenta anos, italiana, morena e magra, com grandes olhos sonsos e agudos;
b) Rápido pegou outra vez das cartas e baralhou-as, com os longos dedos finos, de unhas descuradas;
c) A cartomante foi à cômoda, sobre a qual estava um prato com passas, tirou um cacho destas, começou a despencá-las e comê-las, mostrando duas fileiras de dentes que desmentiam as unhas;
d) Vejo bem que o senhor gosta muito dela.

RESPOSTAS: 1- d) | 2- a) | 3- b) | 4- a) | 5- c) | 6- d)

Biografia e Bibliografia de Machado de Assis

1839: Filho do brasileiro Francisco José de Assis e da portuguesa Maria Leopoldina da Câmara Machado, nasce, no Morro do Livramento, em 21 de junho, **Joaquim Maria Machado de Assis**. Os pais eram agregados de Dona Maria José de Mendonça, viúva de um senador, que batizou o bebê. O cunhado de Dona Maria foi o padrinho. Em homenagem aos dois, Francisco e Maria Leopoldina deram o nome de Joaquim Maria ao filho.

1849: Morre Maria Leopoldina, mãe de Machado.

1854: Francisco José casa-se com Maria Inês. Machado será cuidado e alfabetizado (ou será melhor educado) pela madrasta, após a morte do pai, pouco tempo depois.

1856: Começa a trabalhar na Tipografia Nacional, como aprendiz de tipógrafo.

1858: Tem aulas de francês e latim com o Padre Antônio José da Silveira Sarmento. Começa a escrever para os jornais *O Paraíba* e *Correio Mercantil*.

1864: Publica *Crisálidas*, seu primeiro livro de poesias.

1869: Casa-se com a portuguesa Carolina Augusta Xavier de Novais.

1870: Publica *Falenas* (poesias) e a antologia *Contos fluminenses*.

1872: Publica *Ressurreição*, seu primeiro romance. Inicia sua carreira como funcionário público na Secretaria de Estado do Ministério da Agricultura, Comércio e Obras Públicas.

1873: Publica a antologia de contos *Histórias da meia-noite*.

1874: Publica o romance *A mão e a luva*.

1876: Publica, no jornal *O Globo*, o romance *Helena*. Muda-se para a Rua do Catete.

1878: Publica o romance *Iaiá Garcia*.

1879: Publica o romance *Memórias Póstumas de Brás Cubas*, na *Revista Brasileira*, e o romance *Quincas Borba*, na Revista Estação.

1881: Publica o livro *Memórias Póstumas de Brás Cubas*.

1882: Publica a antologia de contos *Papéis avulsos*.

1884: Muda-se para uma casa na Rua Cosme Velho, onde viverá até sua morte.

1891: Publica em livro o romance *Quincas Borba*.

1896: Publica a antologia de contos *Várias histórias*. Dirige a primeira sessão da fundação da Academia Brasileira de Letras (ABL).

1897: É eleito o primeiro presidente da ABL.

1899: Publica o romance *Dom Casmurro* e o livro de contos *Páginas recolhidas*.

1904: Publica o romance *Esaú e Jacó*. Morre Carolina Augusta, alguns dias antes de completarem 34 anos de casamento. Machado e Carolina não tiveram filhos.

1908: Publica seu último romance, *Memorial de Aires*. Em 1º de junho, tira licença médica para tratamento de saúde. Em 29 de setembro, falece Machado de Assis.

Os primeiros romances de Machado de Assis, nomeados como de sua primeira fase, são ligados ao romantismo. Já a segunda fase de Machado, iniciando com *Memórias Póstumas de Brás Cubas*, passa a se basear no realismo, corrente literária que introduziu no Brasil.

PRIMEIRA FASE
Ressurreição (1872)
A Mão e a Luva (1874)
Helena (1876)
Iaiá Garcia (1878)

SEGUNDA FASE
Memórias Póstumas de Brás Cubas (1881)
Quincas Borba (1892)
Dom Casmurro (1899)
Esaú e Jacó (1904)
Memorial de Aires (1908)

*"Ele havia encontrado em si mesmo o caso perfeito
e inegável de insanidade.
Ele possuía sabedoria, paciência, tolerância, veracidade,
lealdade e força moral — todas as qualidades que
fazem um louco completo."*

O ALIENISTA, MACHADO DE ASSIS

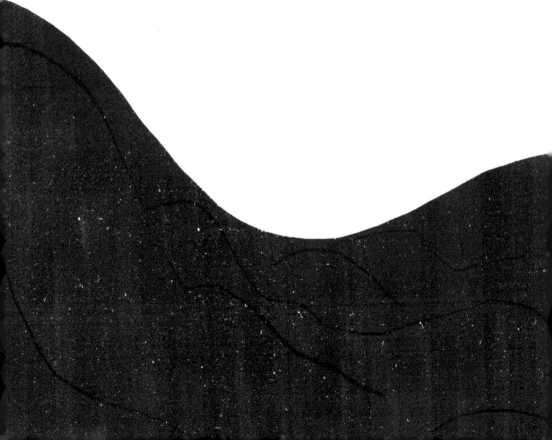

Esse livro foi composto pelas tipografias Palatino
Linetype, Bookman Old Style, Lavanderia e Adele
no outono de 2022.